1

RENT A GIRLFRIEND

REIJI MIYAJIMA

First published in Japan in 2017 by Kodansha Ltd., Tokyo.
Publication rights for this Italian edition arranged through
Kodansha Ltd., Tokyo.

Storia e disegni: Reiji Miyajima
Traduzione: Carlotta Spiga
Editing: Matteo de Marzo
Lettering: Mauro Saieva
Stampa: Grafiche Ambert, Verolengo (TO)

Edizioni BD srl • viale Coni Zugna 7 • 20144 Milano
www.edizionibd.it www.j-pop.it info@edizionibd.it
ISBN 9788834904350

* RENT (NOLEGGIO)

** DI SOLITO SI CREA PER PREGARE PER LA GUARIGIONE DI UNA PERSONA GRAVEMENTE MALATA, N.D.T.

CONTINUA NEL SECONDO VOLUME!

CASA MIA È QUI VI-CINO...
VUOI SALI-RE A RIPO-SARTI UN PO'?

TUTTO A POST CON LA TUA RA GAZZA
EH? AAAH, CERTO! ERA QUELLO CHE CI VOLEVA PER SCHIARIRMI LE IDEE!
AH! AH! HAI UN CARATTERE FORTE...
NON SAPEVO... CHE AVESSI ANCHE UN LATO COSÌ VIRILE...
IO... SONO PROPRIO STATA UN FALLIMENTO, COME FIDANZATA...
!
MA...
MAMI?
GRAZIE PER AVERMI DIFESA, PRIMA.
MI HAI RESO FELICE.
GRIP
IO NON SONO BRAVA A PARLARE CON CHI NON CONOSCO...
... E NON RIESCO A DIRE LA MIA, COME HA FATTO LEI...
MA CHE SUCCEDE?! MAMI...
È FIN TROPPO...
... INTRAPRENDENTE!

MIZUHARA SI È ARRABBIATA AL POSTO MIO...
... PERCHÉ LE HO FATTO PENA.
MA VA BENE COSÌ...
TANTO, È UNA RAGAZZA A NOLEGGIO.
IL NOSTRO È UN RAPPORTO...
... BASATO SU UN PEZZO DI CARTA.
AAAH, LO SAPEVO! NON REGGI PROPRIO L'ALCOL!
TUTTO BENE...
... KAZUYA?
MA... MAMI...
POSSIBILE CHE MI ABBIA SEGUITO?!

L-LORA, BUONANOTTE!
CIAO CIAO!
A PRESTO!
EHI, KAZUCHIN! SEI SICURO CHE TI VADA BENE COSÌ?
PAT
L'HAI TRATTATA MALE!
TELEFONALE!
NON SO IL SUO NUMERO...
MA QUESTO NON POSSO DIRGLIELO.
L'UNICO MEZZO CHE USANO PER COMUNICARE È LA CHAT LINE DELL'AGENZIA CHE LA DIAMOND TIENE D'OCCHIO.
MA VA', CHI SE NE FREGA.
LORO NON SANNO COM'È LA SITUAZIONE!
TANTO, È SOLO UNA COSA TEMPORANEA.
LASCIATEMI IN PACE!
UNA COSA TEMPORANEA?
MI SA CHE NON STA MOLTO BENE...
...
LO SO...
LO SO BENISSIMO...

UN'AL-TRA...
... BIR-RA ALLA SPINA!
...

I... IO ME NE TOR-NO A CASA.
EHI, KAZUYA! NON LA SE-GUI?!
!
PLIN PLON
FUSH
SI PREGO
EHM... PER ME UN VIRGIN BREEZE, E...
menu

CHE STAI DI-CENDO, CHI-ZURU...
ALLA FINE, È VERO...
... CHE SONO COSÌ...

MA ERA SOLO UNO SCHER-ZO...
... VERO, KIBE?
AH, BE'...
CRE-DO DI SÌ...
SCU-SATI ANCHE TU PER ME...
!
ANCHE TU...
... DI' QUAL-COSA!
!
SBAM
ZUUUN

EHI ...
MA CHE...
EH? SCUSA... IO...
... NON AVEVO INTENZIONE DI ESSERE CATTIVA...
PERÒ LO SEI STATA!
È ASSURDO CHE RACCONTI AD ALTRE PERSONE QUELLO CHE SUCCEDEVA QUANDO STAVATE INSIEME!
POVERO KAZUYA!
CA... CAPISCO... MIZUHARA...
SCUSA SE TI HO FATTO ARRABBIARE!
È CHE TRA DI NOI CI COMPORTIAMO SEMPRE COSÌ...
E... EHI...
VOI DUE... SMETTETELA!
E QUINDI VI SENTITE IN DIRITTO DI DIRE QUALSIASI COSA VI PASSI PER LA TESTA?!

SEI SGRA-DEVO-LE.
CHE?
NON PARLARE MALE...
... DEL MIO KA-ZUYA!
SBAM
!

MI DICEVO CHE IN FONDO, KAZU...
... È PUR SEMPRE UN RAGAZZO, MA...
EHI, MAMI! DIREI CHE PUÒ BASTARE...
EH? PERCHÉ?
È VERO, NO?
KAZU?
AH...
AH! AH...
AH! AH! AH...
!

EH?
BE', KAZU NON HA ALCUNA ESPERIENZA IN QUELLE COSE...
... E QUALCHE VOLTA HA UNO SGUARDO CHE FA PAURA...
UNA VOLTA, SOLO PERCHÉ MI ERO MESSA UNA MINIGONNA A UN APPUNTAMENTO, HA DETTO CHE NON SI POTEVA ALZARE DALLA SEDIA!
E, SE ANDAVAMO A CENA FUORI, MI PORTAVA A UN IZAKAYA APERTO FINO A TARDA NOTTE...
UN'ALTRA VOLTA CI SIAMO BACIATI, E DA ALLORA CI HA SEMPRE RIPROVATO, ANCHE SE AVEVA MANGIATO L'AGLIO A PRANZO.
NON CAPIVA CHE IO NON VOLEVO!
POI, VOLEVA CHE CI TENESSIMO SEMPRE PER MANO...
OGNI VOLTA!

C... CHE SUCCEDE?!
PERCHÉ SI SONO SEDUTE VICINE?
DI COSA STARANNO PARLANDO?
BE', È UNA RAGAZZA COSÌ CARINA, E COSÌ...
... MI SONO UN PO' INGELOSITA.
EH? AH... OKAY...
COMUNQUE, MENO MALE...
NON SEMBRA CHE ABBIA INTENZIONE DI LITIGARE...
FAI LA MODELLA, PER CASO?
MA NO...
PERÒ, VISTO CHE SEI COSÌ CARINA...
... FATICHERAI PARECCHIO A GESTIRE IL DESIDERIO DI KAZU, NO?

WRAM
!
AH, KA-ZUYA!
EC-CO-TI!
!

...
NO, STUPIDO!
PSSSH
MA DOVE MIRI?!
MI DI-SPIACE, MA...
FRUSH
... RI-MARRAI A SECCO ANCORA PER UN PO'.
POVERO...
SIGH
... LITTLE KAZUYA.

E.. BE'...
SE LA METTETE COSÌ...
... RIMETTIAMOCI A BERE!
ALLA SALUTE!
は AH!
は AH!
あ AH!
BLA
IN QUALE UNIVERSITÀ VAI?
BLA
È UNA SCUOLA FEMMINILE A ITABASHI.
PSSSSH
CAVOLO...
NON HA PERSO TEMPO... OPPURE SONO IO CHE NON VOLEVO VEDERE COME STAVANO LE COSE?
ALL'INIZIO ERO PREOCCUPATO, MA SIA MIZUHARA, OVVIAMENTE, SIA MAMI SI STANNO COMPORTANDO IN MODO NORMALE...
NON ME LO ASPETTAVO, MA SEMBRA CHE NON CI SARANNO PROBLEMI...

MAMI!
AAAAHN!
GIU-STO?
KAZU?
AH...
SMILE
CER-TO...
...

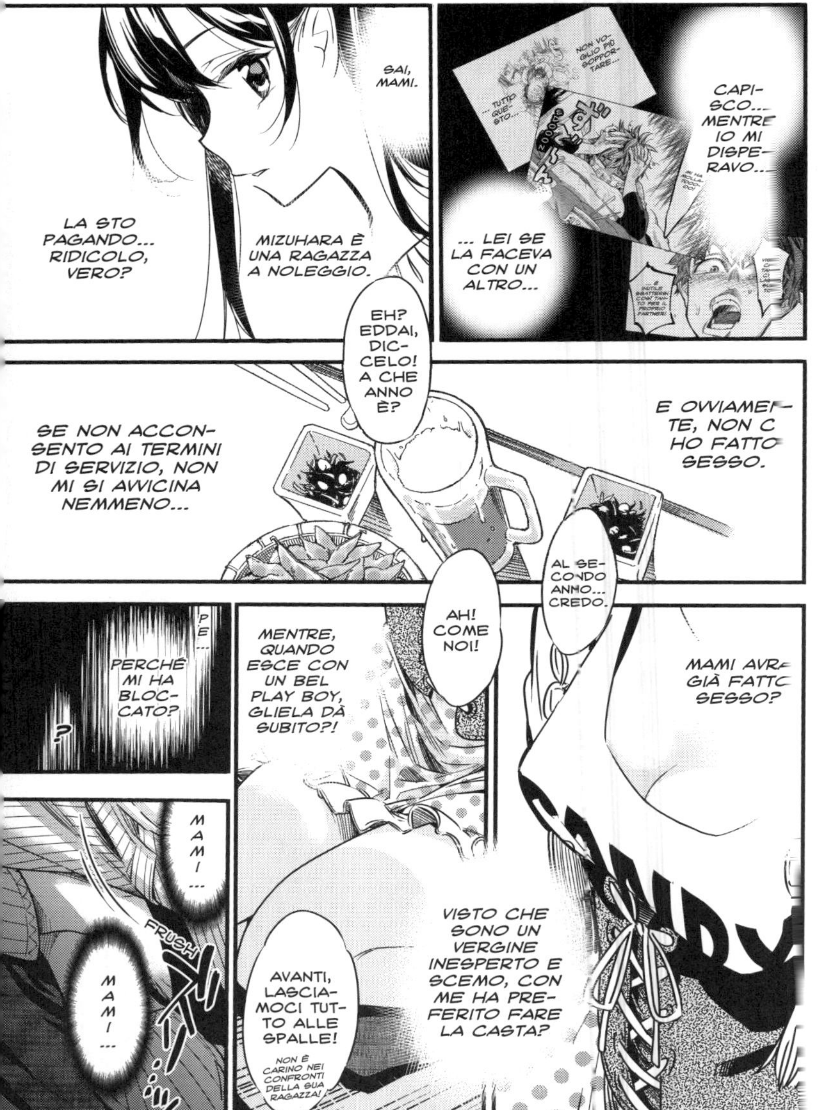
CAPISCO... MENTRE IO MI DISPERAVO...
NON VOGLIO PIÙ SOPPORTARE...
... TUTTO QUESTO...
MI HA MOLLATOOOO!
... LEI SE LA FACEVA CON UN ALTRO...
SAI, MAMI.
MIZUHARA È UNA RAGAZZA A NOLEGGIO.
LA STO PAGANDO... RIDICOLO, VERO?
E OVVIAMENTE, NON CI HO FATTO SESSO.
EH? EDDAI, DICCELO! A CHE ANNO È?
SE NON ACCONSENTO AI TERMINI DI SERVIZIO, NON MI SI AVVICINA NEMMENO...
AL SECONDO ANNO... CREDO.
AH! COME NOI!
MAMI AVRÀ GIÀ FATTO SESSO?
MENTRE, QUANDO ESCE CON UN BEL PLAY BOY, GLIELA DÀ SUBITO?!
PE...
PERCHÉ MI HA BLOCCATO?
?
VISTO CHE SONO UN VERGINE INESPERTO E SCEMO, CON ME HA PREFERITO FARE LA CASTA?
AVANTI, LASCIAMOCI TUTTO ALLE SPALLE!
NON È CARINO NEI CONFRONTI DELLA SUA RAGAZZA!
MAMI...
FRUSH
MAMI...

EH?! DAVVERO? E DA QUANDO?!
È UN FATTO MOLTO RECENTE!
LO CONOSCIAMO?!
CE L'HO, COSA? UN CANE?
CERTO CHE NO... PARLA DI UN RAGAZZO!
QUINDI, MAMI È FIDANZATA...
È UN SEGRETO, PER IL MOMENTO!
È OVVIO... È COSÌ CARINA...
CE L'HO ANCHE IO?

MAMI SARÀ ARRABBIATA?
カタ
TAC
TAC
カタ
È NORMALE... NON CI SIAMO LASCIATI DA NEANCHE UN MESE, E GIÀ MI PRESENTO CON UNA NUOVA RAGAZZA...
PERÒ, È STATA LEI A PIANTARMI.
PER CUI, NON HA MOTIVO DI AVERCELA CON ME, NO?!
E SE FOSSE...
... UN PO' GELOSA?
I... INSOMMA RAGAZZI L'ATMOSFERA È TROPPO PESANTE!
CE L'HO ANCHE IO, ORMAI! È UNA STORIA FINITA!
BEVIAMO E DIVERTIAMOCI!
AH... SÌ...
EH?!

VORREI TROPPO...
... ANDARE A CASA!
O MEGLIO, VORREI SPARIRE!
IL SUO URLO INTERIORE
CHE RAZZA DI SITUAZIONE! C'È UN'ATMOSFERA PESANTISSIMA!
UCCIDETEMI!!!
GWOOOH!
WOOOH!
QUALCUNO MI UCCIDAAA!
SONO TUTTI IN APPRENSIONE PER MAMI E NON PARLANO PIÙ!
FINGO DI ANDARE IN BAGNO E SCAPPO?!
NO... SE LASCIASSI DA SOLA MIZUHARA IN UN POSTO DEL GENERE, POI MI SPELLEREBBE VIVO!
DI SICURO NON MI SI FILEREBBE MAI PIÙ!
CLINK
CLINK
FISS

EH... EHILÀ, KAZUYA!
COSA BEVETE?
INTANTO, ENTRATE!
P... PER ME UNA BIRRA.
OOOH, BENE! NON SEI LA SOLITA MATRICOLA! SI VEDE CHE HAI PERSO UN ANNO!
NON È UN COMPLIMENTO!
E TU, COSA BEVI?
UNO SHIRLEY TEMPLE!
PERÒ, POI...
... LA MIA EX...
AH!
SCUSATE...
MUNCH
もぐ もぐ
MUNCH
ECCO A TE!

KAZUYA...
MA...
MAMI...
S... SCUSA, KAZUYA!
PSS PSS
NON AVEVO IDEA CHE CI SAREBBE STATA ANCHE MAMI...
È NELLO STESSO CLUB DI TENNIS DEL SENPAI!
...

Grado di soddisfazione 5 LA EX E L'ATTUALE FIDANZATA

EH?
CHE VI SUC-CEDE?
500
ほろ酔い晩酌セット1500円～
KAZUYA...
MA... MAMI...

PIN
ECCOLI!
PREGO, PREGO! DA QUESTA PARTE!
PERCHÉ SI DÀ COSÌ TANTO DA FARE?!
CHE VELOCITÀ! SONO GIÀ ARRIVATI SU!
STA ANCHE SUDANDO!
ATTENZIONE A NON INCIAMPARE!
BLA
BLA
BENVENUTI!
SEI UNO DEI CAMERIERI, ADESSO?
MI DISPIACE CHE TU DEBBA ESSERE SCORTATA DA QUESTI SPORCHI UNIVERSITARI
PREGO, DI QUA!
COSA SONO TUTTE QUESTE CERIMONIE?
IN FONDO, È UN INCONTRO TRA COMPAGNI DI FACOLTÀ...
COSA STUDI, TU?
AH...
ANCHE IO SONO AL PRIMO ANNO...
AH, ALLORA HAI UN ANNO IN MENO DI KAZUYA!
PERCHÉ LUI L'ANNO SCORSO NON HA PASSATO GLI ESAMI D'AMMISSIONE...
NEMMENO LUI.
SCUSATE IL RITARDO! ABBIAMO PORTATO CON NOI KAZUYA!
FRUSH
E, UDITE UDITE, ANCHE LA SUA FIDANZATA!
EH?

SCUSAMI!
CHE INTENZIONI HAI?!
QUANTE BUGIE VUOI RACCONTARE, PRIMA DI SENTIRTI SODDISFATTO?!
E L'ORA CHE AVEVI A DISPOSIZIONE È GIÀ PASSATA DA UN PEZZO!
TI PAGO UN EXTRA, SE VUOI!
QUELLO È UN MIO AMICO D'INFANZIA E VA D'ACCORDO ANCHE CON LA NONNA!
SE GLI RACCONTASSI CHE HO NOLEGGIATO UNA RAGAZZA, DI SICURO GLIELO DIREBBE!
EH?! SAREBBE UN DISASTRO!
COSÌ LO VERREBBE A SAPERE ANCHE MIA NONNA!
TI PREGO! TANTO, A BREVE DIRÒ CHE CI SIAMO LASCIATI!
PERMETTIMI DI SOGNARE, ALMENO UN PO'!
UGH...

M... MA CERTO!
STAVAMO PROPRIO DICENDO DI ANDARE A MANGIA-RE QUAL-COSA!
!
BENE! È DECISO!
!
SU, SU! SIGNORINA FIDANZATA!
!
QUANT'È STRETTO, QUESTO ASCEN-SORE!
ANDATE PRIMA VOI DUE!
NOI PREN-DIAMO LE SCALE!
NON SIAMO DEGNI DELL'A-SCEN-SORE!
CER-TO, CHE INVI-DIA...
FSSSH

SCUSACI PER PRIMA...
IO SONO KIBE.
EH? MA STA PIANGENDO?!
SO CHE SIETE NEL BEL MEZZO DI UN APPUNTAMENTO, MA...
... CI TERREMMO A INVITARVI A UNA BEVUTA TRA AMICI. STIAMO ANDANDO LÌ PROPRIO ADESSO!
すり FRUSH
すり FRUSH
!
A UNA BEVUTA?!
IO...
... SONO KURIBAYASHI!
P... PIACERE.
A BERE?!
ADESSO?!
IL SENPAI SASANO CI HA CHIAMATI ALL'IMPROVVISO.
È PER QUESTO CHE SIAMO VENUTI QUI.
CHISSÀ SE LA SUA FIDANZATA...
... FA TUTTO QUELLO CHE DECIDE LUI!
MAGARI! IL TIPO "BUONA MOGLIE E SAGGIA MADRE"!
INCANTEVOLE!
フルフル NO! NO!
VERRETE, NON È VERO, KAZUYA?
EH! ひぇ EH!
NON VORRAI CERTO PERDERTI QUESTA OCCASIONE!
POTRAI VANTARTI QUANTO TI PARE!

VIENI UN SECONDO!
QUANTE VOLTE MI VOLETE PORTARE VIA?!
L'AVETE GIÀ FATTO?!
EH?!
TI STA CHIEDENDO SE AVETE GIÀ FATTO SESSO!
NO, NON ANCORA, MA...
FACCIAMO I PICCIONCINI...
BENISSIMO!
SE TU PERDESSI LA VERGINITÀ CON UNA COSÌ...
... NON RIUSCIRESTI PIÙ A DIMENTICARLO E ROVINERESTI LA TUA FUTURA VITA SESSUALE!
DI CHE PARLERANNO?
AH, LE CALZE...
TUTTE LE ALTRE DONNE TI SEMBRERANNO UNA SCHIFEZZA!
MA SENTILI...
QUELLA NON VA BENE.
NON HA UN BRICIOLO DI SEX APPEAL.
GUARDATE CHE È LA STESSA PERSONA...
NON STIAMO SCHERZANDO!
FALLO CON UNA BRUTTONA, O CON UNA PROSTITUTA!

AH! AH!
SDRON
EH? CHE SUCCEDE?!
SONO MATTI?!
COS'È QUE-STA SENSA-ZIONE?
È SU-PER PIACE-VOLE!
È COME SE FOS-SI IN UN ALTRO MONDO...
AC-CANTO A ME C'È...
... LA RAGAZZA PIÙ CARINA DELLA STORIA!
POTREI AF-FRONTARE UN URAGA-NO, O UNO TSUNAMI!
LI SPAZ-ZEREI VIA...
... IN UN BATTIBA-LENO!
GROOOAR
SONO IN CIMA ALLA GERARCHIA ANIMALE!

CHE LUCCHETTANO L'ACCOUNT CONDIVISO DI TWITTER, POI UNO DEI DUE METTE UNA FOTO DOVE SI BACIANO E L'ALTRO FA "OH, NO! COSÌ CI VEDONO TUTTIIII!"?!
È QUESTO CHE INTENDE PER "LA MIA RAGAZZA"?!
C... CHE ALTRO, SENNÒ?
MALEDETTI! ADESSO GLIELA FACCIO VEDERE IO!
BE'... COME DIRE...
MI PRENDONO SEMPRE IN GIRO...
VERGINELLO! VERGINELLO!
QUESTA QUI È APPICCICOSA FINO AL MIDOLLO!
PENDE DALLE MIE LABBRA...
ORA GLIELO DICO!
È UN PO' FASTIDIOSA, QUESTO È VERO, MA...
BE', MI HA DETTO CHE LE PIACEVO, NON POTEVO CERTO RIFIUTARLA...
NO?
IN FIN DEI CONTI.
S... STAI ESAGERANDO...
CI SONO RIUSCITO!
ぐいっ
GRAB

MI CHIAMO MIZUHARA.
KAZUYA È TANTO BUONO CON ME.
TANTO BUONO CON ME?
BRR びり
BRR びり
EH...
FE... FERMI TUTTI...
È...
È LA SUA RAGAZZA?!
QUELLA?!
MA PER RAGAZZA INTENDE CHE ESCONO INSIEME, MANGIANO I PANCAKE...
... FANNO I SELFIE DI COPPIA DA METTERE SU INSTAGRAM E SI METTONO I MI PIACE A VICENDA?! INTENDE QUELLO?!

SIETE SCOR-TESI NEI CON-FRON-TI...
... DEL-LA MIA RAGAZ-ZA!
!
LA... LA MIA RAGAZZA?
?
?

PERDONACI! QUESTO È UN CRETINO CHE VIVE FUORI DAL MONDO! LA RELIGIONE NON FA PER LUI, DAVVERO!
TAP
EH?!
TAP
E NON HA NEMMENO UN SOLDO!
TAP
GRAB
QUINDI, SE SEI QUI PER VENDERE QUALCOSA, È MEGLIO SE TI RIVOLGI A QUALCUN ALTRO!
STRUSH
TAP
OH, NO!
SI ACCORGERANNO SUBITO CHE È ICHINOSE...
...
STAMMI A SENTIRE, KAZUYA. SEI ANCORA TROPPO GIOVANE PER PENSARE DI ESSERE UN FALLITO SOLO PERCHÉ NON HAI SUCCESSO CON LE RAGAZZE!
VEDRAI CHE SE TI FAI ANDARE BENE UNA COZZA, NON CI METTERAI MOLTO A FIDANZARTI!
GIÀ! E NON DOVRAI NEMMENO SBORSARE CHISSÀ CHE CIFRA, PER FARTI BENVOLERE!
SEMPRE SE TI ACCONTENTERAI DI UNA COZZA, S'INTENDE!
CHE?!
E SMETTETELA DI DIRE COZZA!
NON PREOCCUPARTI! PUOI STARE TRANQUILLO, ORA! CI SIAMO QUI NOI!
POSSO ANCHE PRESTARTI UN PO' DI SOLDI!
IL PRIMO PASSO PER USCIRNE È AMMETTERE DI ESSERE UNA VITTIMA, ANCHE SE È TRISTE!
GRAB
FINITELA! NON MI SERVE UNA CONSULENZA!
VI STATE SBAGLIANDO!
NON SONO UNA VITTIMA!
CIAFF
SVEGLIATI, FORZAAAA!
ALTRIMENTI NON SI SPIEGA COME MAI STAVI CAMMINANDO MANO NELLA MANO CON QUELLA BELLEZZA DI PRIMA CATEGORIA!
È UNA RAGAZZA SCAPPATA DI CASA?! UNA SORELLINA DA CUI TI ERI SEPARATO?!
ORA...
...BASTA!
WHAM

K... KAZUYA?!
CHE?!
KAZUYA, CHE CI FAI QUI?!
PERCHÉ DOVEVO INCONTRARE...
AH, GIUSTO! L'OSPEDALE DI NAGOMI È IN QUESTA ZONA!
SO... SONO ANDATO A FARE VISITA ALLA NONNA!
CIAO, AMICI!
... PROPRIO LORO?!
PIUTTOSTO, TU...
CHI È QUELLA RAGAZZA?
VI STAVATE TENENDO PER MANO...

STA SOLO FACENDO LA SUA PARTE! È SOLO LAVORO!
OGNI VOLTA CHE CAMMINO ACCANTO A LEI...
... NOTO CHE UN SACCO DI UOMINI CI GUARDANO!
E HANNO RAGIONE... UNA BELLEZZA COSÌ...
... NON SI INCONTRA TUTTI I GIORNI!
DECISAMENTE FUORI DALLA MIA PORTATA...
CHE CRETINO CHE SONO...

ALLORA, ANDIA-MO...
... KA-ZUYA?
!
板橋第三病院
A PRESTO, SIGNORINA CHIZURU!
TI HO PRESO LO YA-KULT!
TE LO LANCIO!
NA... NAGOMI!
FLIP
POSSIA-MO...
... TE-NERCI PER MANO?
EH?!
CE... CER-TO!

LA PROSSIMA VOLTA, DIAMOCI APPUNTAMENTO DA UN'ALTRA PARTE.
ANCHE SE ABITIAMO VICINI.
SE LA MIA AGENZIA SCOPRISSE CHE CI INCONTRIAMO DAVANTI CASA, MI LICENZIEREBBE SUBITO.
TE L'HO GIÀ DETTO, NO? IO HO IL MASSIMO NELLE RECENSIONI DEI CLIENTI E NE VADO ORGOGLIOSA.
PER QUESTO, D'ORA IN POI NON AVREMO NESSUNA INTERAZIONE AL DI FUORI DEGLI APPUNTAMENTI.
QUANDO INTERPRETERÒ LA TUA FIDANZATA, MI COMPORTERÒ COME FACCIO SEMPRE...
... MA NON SERVE CHE MI LASCI BUONE RECENSIONI, DOPO LE NOSTRE USCITE.
È MEGLIO PER ME.
FREDDA COME AL SOLITO...
PARLA SEMPRE DI AFFARI.
ALLORA, POSSIAMO PROVVEDERE SUBITO?
È PIÙ FACILE PER ENTRAMBI, SE SISTEMIAMO ORA LA PARTE AMMINISTRATIVA, NO?
EH?
AH, GIUSTO...
E QUESTA SAREBBE UNA GENTILEZZA?
TLIING
- SPESE DI OGGI - TARIFFA BASE/ORA 5000 YEN TARIFFA DESIGNAZIONE (LIVELLO ESORDIENTE) 5000 YEN SPESE DI VIAGGIO (TERRITORIO METROPOLITANO) 2000 YEN TOTALE 12000 YEN*
BENE. GRAZIE.
* CIRCA 95 EURO, N.D.T.
IN CAMBIO...
PAT
... DURANTE QUESTA ORA POTRAI PENSARE A ME COME ALLA TUA RAGAZZA!

S...
CLACK
SÌ?
EH?
WHIRL
WHIRL
NON C'È NES-SU-NO...
!
MI...
MI-ZUHA-RA!
CHE STAI FACEN-DO?
È ORA DI ANDARE ALL'OSPE-DALE, NO?
PERCHÉ SEI TUTTO AGITATO?
AH, GIU-STO!
MA PENSA! È GIÀ ORA?

CRAA
カァ
CRAA
...
AH, CIAO...
... KA-ZUYA!
...
...
FLAP
ばっ
SALVIETTE
ばっ
FLAP
GASP
ビクッ
PLIN
ピンポーン
PLON
REDEMP

COMUNQUE, DIMENTICATI DI MAMI.
NON VOGLIO OFFENDERTI, VISTO CHE TI CONOSCO DALLE ELEMENTARI...
... MA È DECISAMENTE FUORI DALLA TUA PORTATA.
MAMI, QUELLO ERA IL TUO EX RAGAZZO?
NON GLI È ANCORA PASSATA, EH?
GIÀ! IL SUO SGUARDO FACEVA PAURA!
AH, SÌ?
“AH, SÌ”, DICI? CHE CRUDELE CHE SEI!
GIÀ! COME SE LA COSA NON TI RIGUARDASSE!
AH... SÌ?
...

MI...
MIZUHA-RA!
NON MI HA DEGNATO DI UNO SGUARDO!
CI AVRÀ SENTITI?
QUELLA NON VA BENE.
SCOMMETTO CHE È UNA CHE A LETTO NON MUOVE UN DITO...
EH?!
... E CHE, ANCHE IN QUELLE SITUAZIONI, STA TUTTA RIGIDA A GUARDARTI MALE.
NON HA UN BRICIOLO DI SEX APPEAL.
O MEGLIO, NON SI NOTA PROPRIO LA SUA PRESENZA.
IH! IH!
FORSE PER TE VA BENE, VISTO CHE TI PIACCIONO LE SUORE.
DI CHI PARLI?

EH, GIÀ! MAMI È PROPRIO UNA BELLA RAGAZZA!
IL FATTO CHE TU CI SIA STATO INSIEME UN MESE, È GIÀ UN MIRACOLO.
TU-TUM
ドキッ
MA... MA CHE VUOI!?!
ANCHE SE...
... NON CI SONO ANDATI LONTANO...
HA BELLE GAMBE, È MOLTO FEMMINILE.
... E SI VESTE BENISSIMO.
FORSE È UN PO' FRIVOLA, MA È CARINA ANCHE PER QUESTO...
E MI SA CHE A LETTO È UNA FAVOLA.
MI PARE CHE SIA TU A FISSARLA IN MODO VOGLIOSO, ADESSO!
GUARDA CHE È LA MIA EX!
BE'? NON HAI ALCUN DIRITTO DI IMPEDIRMELO!
すっ
ZUSH

GLOM
ごく…っ
CI VE-DIAMO!
AH, SÌ!
ふわ
FRUSH
ふわ
FRUSH
BRR
そわ
そわ
BRR
...
どっ
DOOON
PRONTO, POLIZIA? C'È UNO CHE GIÀ DI PRIMA MATTINA GUARDA LE COSCE DELLA SUA EX CON FARE VOGLIOSO!
きっ
È UN VERGINELLO CHE SE NE VA IN GIRO PER L'UNIVERSITÀ ALLA RICERCA DI MATERIALE PER FARSI LE SEGHE!
SI SCRIVE "VERGINE", MA SI LEGGE "CACCIATORE".
N... NON PRENDETEMI PER IL CULO!
PERCHÉ, NON È COSÌ?
NON PARAGONATEMI A UNA SCIMMIA IN CALORE!
CHI È CHE SAREBBE A CACCIA DI MATERIALE?!

CHIEDIGLIELO!
PERCHÉ MI HAI BLOCCATO?
twitter
CON CIOLEZZA, OME SE OSSE UN ALINESSO.
EHI, MA MI HAI BLOCCATO?
CHE SCHERZO CRUDELE, NON TROVI?
NO, NON VA BENE! SE NON FOSSE UNO SCHERZO, IL DANNO SAREBBE IRREPARABILE!
SE INVECE LO CHIEDESSI SERIAMENTE...
PERCHÉ MI HAI BLOCCATO?
PER CASO MI ODI?
NO, FAREI LA FIGURA DEL ROMPIPALLE STALKER! NON VOGLIO CERTO LITIGARE DI PRIMA MATTINA!
CHE TI PRENDE, KAZU? HA LA TESTA TRA LE NUVOLE!
TI È CADUTO IL LIBRO DI TESTO.
FRUSH
EH? OH, SCUSA!

どしん
SDON
MMH?
AH, CIAO...
... KA-ZUYA!
かぁ
BLUSH
M... MAMI...
NON CI PARLO DA QUANDO CI SIAMO LA-SCIATI...
CERTO CHE DA VICINO È SEMPRE SUPER CARINA!
CON QUE-GLI OCCHI GRANDI, I CAPELLI MORBIDI...
QUANTO VORREI ACCAREZZARLI!
?
CHIE-DIGLIE-LO!
AVANTI!

Grado di soddisfazione 4 L'EX RAGAZZA MAMI NANAMI

MMH...
UGH!
CIP
CIP
MAMI!
TU-TUM
ROLL
SONO ANCORA...
ALLA PRIMA ORA...
... C'È "BRAND MANAGEMENT", MI PARE...
... TREMENDAMENTE SINGLE.
SNIFF

CIP
CIP
MI CHIAMO KAZUYA KINOSHITA (20).
SONO AL PRIMO ANNO DELL'UNIVERSITÀ DI TOKYO.
PER UNA SERIE DI COINCIDENZE, HO DETTO ALLA MIA FAMIGLIA...
TI CONCEDO DI NOLEGGIARMI PER UN'ORA.
VA BENE! OGNI MERCOLEDÌ.
... CHE LA RAGAZZA A NOLEGGIO CHIZURU MIZUHARA È LA MIA VERA FIDANZATA.
SHAAAA
TUTTAVIA, LA MIA VITA QUOTIDIANA (E SESSUALE)...
... NON È CAMBIATA GRANCHÉ...
MIZUHARA!
STA FACENDO LA DOCCIA!
GLOM

... UN DOLCISSIMO PONTE SOSPESO...
... DETTO "FIDANZATA".
CIAFF
PER FAVORE, DIVENTA...
... LA MIA "RAGAZZA"!
ACCIDENTI, MAMMA...
... SI È SCORDATA LA COPERTA PER LE GAMBE...
KAZUYA?
CHIZURU?

MIZUHARA!
FINCHÉ LE NOSTRE NONNE NON SARANNO DIMESSE...
... NON È IL CASO DI FARLE PREOCCUPARE, NON CREDI?
NON LO FACCIO PER TE...
... MA PER TUA NONNA!
NON INTERPRETARE MALE!
COSÌ, COMINCIAI AD ATTRAVERSARE...
FLIP
GRAZIE, MIZUHARA.
...
... CON UN'INAFFIDABILE FUNE DI SALVATAGGIO...
OGNI MERCOLEDÌ.
SOLO PER UN'ORA.
... CHIAMATA "NOLEGGIO"...

TI PER-
MET-
TO DI
NOLEG-
GIAR-
MI...
... OGNI
MERCOLE-
DÌ, SE È
SOLO PER
UN'ORA.

?!
EH?
SÌ...
GLI ALTRI GIORNI ASSOLUTAMENTE NO, GIUSTO?!
SÌ!
GIUSTO!
?!
?!
NESSUNA INTERAZIONE O INTERFERENZA DA PARTE TUA!
DIMENTICA CHE SIAMO VICINI DI CASA!
E ANCHE ALL'UNIVERSITÀ SAREMO DEI COMPLETI ESTRANEI!
TRE REGOLE FONDAMENTALI!
NON SEGUIRMI, NON AVVICINARTI E NON MI PARLARE!
SE MI DEVI CONTATTARE, FALLO ATTRAVERSO IL SITO!
MI...
MIZUHARA?!
...
SOLO PER UN'ORA...

QUESTI SONO PER LA PROSSIMA SETTIMANA.
MA...
... PUOI ANCHE NON VENIRE.
OGGI, CON QUELLO CHE È SUCCESSO, NON HAI POTUTO CONCENTRARTI SULLA TESINA, GIUSTO?
QUINDI, INTANTO TE LI DO.
...
HAI DETTO CHE VAI A FARLE VISITA...
... SOLO IL MERCOLEDÌ, VERO?

WAAAH!
...
MI-ZUHA-RA?
WROOOOM
ADESSO, HA FAT-TO...
... UN'E-SPRES-SIONE TRISTIS-SIMA...
MI-ZUHA-RA!
TIENI.
NON FA NIEN-TE...
TANTO, ORMAI NON POSSO PIÙ RIFERIRLO ALL'AGEN-ZIA.
NON È PER QUEL-LO.
EH?

CHE COSA?! IN REALTÀ, SEI SCAPPATA DALL'OSPEDALE?!
PROPRIO COSÌ!
LE INFERMIERE ERANO MOLTO PREOCCUPATE.
KAZUYA! MI RACCOMANDO, ACCOMPAGNA CHIZURU A CASA!
STA' TRANQUILLO! IN FUTURO, VOI DUE...
UUH...
... VI SPOSERETE DI SICURO!
HO OCCHIO PER QUESTE COSE!
KAZUYA, DAMMI UNA MANO.
AH, SÌ!
MOLLAMI! NON TRATTARMI COME UNA VECCHIA!
MA TU SEI... VECCHIA...
LA VECCHIAIA È SOLO UNA QUESTIONE MENTALE!

VA TUTTO BENE, SIGNORA...
OH, SANTO CIELO...
PENSAVO DI MORIRE...
SU... SU...
FIX
...
FLIP
FLIP
GRAZIE! ANCORA UN POCHINO!
FLIP
FLIP
...

STOMP
SIGNORINAAAA!
DASH
SEI QUI!
SAPEVO CHE SARESTI VENUTA!
PENSAVO CHE...
...MI SI SAREBBE FERMATO IL CUORE!
SAPEVO CHE NON AVRESTI ABBANDONATO KAZUYA!
PERCHÉ UNO COME LUI NON RIUSCIREBBE MAI A TROVARE UN'ALTRA FIDANZATA!
COFF
COFF
COFF
GRIP
METTO IL PIATTO QUI!
KAZUYA, ACCIDENTI A TE! COS'È CHE STAVI CERCANDO DI DIRE, PRIMA?
SEI STATO AMBIGUO!
STUPIDO BUONO A NULLA.
LA SIGNORINA CHIZURU È QUI, NO?!
ANF
ANF
TE LO DIRÒ LA PROSSIMA VOLTA...
EH?!
E QUELLO SGUARDO?!

MIZUHARA!
MI-ZUHA-RA! CHE...
CHE CI FAI QUI?!
MA CHE DICI, KA-ZUYA?!
MI HAI CONTAT-TATO UN SACCO DI VOLTE, OGGI!
PER LA TUA NON-NINA, IO...
... AC-COR-REREI OVUN-QUE!
È IN MODALITÀ RAGAZZA A NOLEG-GIO!
SI-GNO-RINA CHI-ZU-RU...

PER...
WLAM
PER-MESSO!
... OPLÀ!
FLAP
HO FATTO TARDI PERCHÉ...
... STAVO FINENDO DI CUCINARE!

HA RAGIONE... SONO PROPRIO UNO STUPIDO.
UNA COME MIZUHARA NON USCIREBBE MAI CON UNO COME ME GRATIS.
SI SONO SOLO ACCUMULATE UN PO' DI COINCIDENZE, E IO MI SONO MONTATO LA TESTA...
ERA TUTTA...
... UN'ILLUSIONE...
CHIZURU MIZUHARA È UNA RAGAZZA A NOLEGGIO...
DOPOTUTTO, ERA UNA RELAZIONE FITTIZIA...
PERDONAMI...
...NONNA!
IO...
IO...

QUINDI, COME POSSO ARRABBIARMI CON UNA RAGAZZA...
... CHE SI È INNAMORATA DI MIO NIPOTE?
MI HA FATTO VIVERE UN BEL SOGNO.
È PROPRIO UNA CREATURA VENUTA DAL CIELO...
NONNA...

NON RIUSCITI A DIRMI LA VERITÀ E HAI CERCATO IN MANIERA VERGOGNOSA DI SALVARE LE APPARENZE...
NONNA...
NON HAI SUFFICIENTE DIGNITÀ PER ESSERE L'EREDE DEI KINOSHITA.
NON SEI ARRABBIATA?
NONOSTANTE TUTTO, NON CE L'HAI...
... CON ME...
... O CON MIZUHARA?
...
FIN DA QUANDO ERI PICCOLO...
... NON HAI MAI AVUTO SUCCESSO CON LE DONNE.
NEMMENO UNA VOLTA!
E DICO UNA!
GIÀ...
SCUSA...
ANCHE QUANDO ERI AL LICEO, PORTAVI A CASA SOLO RAGAZZI SGRADEVOLI.
QUALCHE VOLTA MI SONO CHIESTA SE SAREBBE MAI ARRIVATA UNA FIDANZATA PER TE.

VI SIETE LASCIATI, NON È COSÌ?
EH?!
!
N... NONNA?!
PENSI CHE SIA COSÌ VECCHIA DA NON ACCORGERMI QUANDO MIO NIPOTE HA QUALCOSA CHE NON VA?
NE AVRÀ AVUTO ABBASTANZA DI UN RAGAZZO COSÌ IRRESOLUTO E TI AVRÀ RIPUDIATO...
È DURA, MA NON FACCIO FATICA A IMMAGINARLO.
ANCHE GUARDANDO QUESTA CASA...

POT
コト
POT
コト
...
SARÀ GIÀ...
... TORNATA IN OSPEDALE?
FRUSH
スッ

UUUH! LA NONNA SEMBRA TRISTISSIMA PER NON AVER POTUTO INCONTRARE MIZUHARA!
COSA POSSO FAREEEEE?
SE RACCONTI BALLE, POI DEVI ACCETTARNE LE CONSEGUENZE!
CONTINUARE A RIMANDARE È UN COMPORTAMENTO DAVVERO INFANTILE.
COME TEMEVO, NON MI RESTA CHE...
... FARMI FORZA, E...
EHM...
NONNA?
IN REALTÀ...
DEVO...
DEVO DIRTI UNA COSA...
POT
POT

KAZUYA!
NE VEDI MOLTI DI TIPI CHE SI RILASSANO SUL CORRIDOIO COME TE?!
CIAFF
CIAFF
AHIA, AA-AHIA...
A... ALL'IMPROVVISO MI HA FATTO MALISSIMO LA PANCIA...
SVERGOGNATO!
ENTRA SUBITO IN CASA!
...
...
SCUSA, NONNA, PER CENA HO SOLO ROBA CONGELATA...
SEI ARRIVATA ALL'IMPROVVISO, E...
ME LO ASPETTAVO. VA BENE TUTTO, BASTA CHE NON SIA IL CIBO CHE CI DANNO IN OSPEDALE.
O... OKAY...
TAC
TAC
...

... NOLEGGIO!
SBAM
SDON
GNEEK
キイ…
KAZUYA? QUANTO DURA QUESTA TELEFONATA?
!
WLAM
CLACK
!
DIAMINE!
WHAM
AH, SÌ, CAPISCO...
FRUP
CLACK
TI STANNO TRATTENENDO AL LAVORO...
È SEDUTO...
DEVE ESSERE DURA!

VATTENE, O CHIAMO LA POLIZIA PER DAVVERO!
WHAM
C... CALMATI!
NON L'HO FATTO APPOSTA!
TRA VICINI DI CASA CI SI AIUTA, NO?!
SBAM
NON QUANDO, DALL'ALTRA PARTE, C'È UN TERRORISTA CHE ROMPE LE PROMESSE COME SE NULLA FOSSE!
TI PREGO, PRENDILO COME UN ATTO DI CARITÀ!
UNA VOLTA SIAMO USCITI INSIEME, NO?!
NON HAI UN BRICIOLO DI COMPASSIONE?!
TI HO DETTO E RIDETTO CHE IO SONO UNA RAGAZZA A...

STACK
SDON
GWAH!
KYAH!
AHI...
AAAH, CHE CAVOLO! QUEST'APPARTAMENTO CADE A PEZZI!
SI È ROTTA LA CATENA!
AHIA!
THUD
AVEVO ANCHE DETTO AL PROPRIETARIO DI FARLA RIPARARE!
ROLL
ROLL
CHE DIAVOLO CI FA UN MANUBRIO QUI?!
!

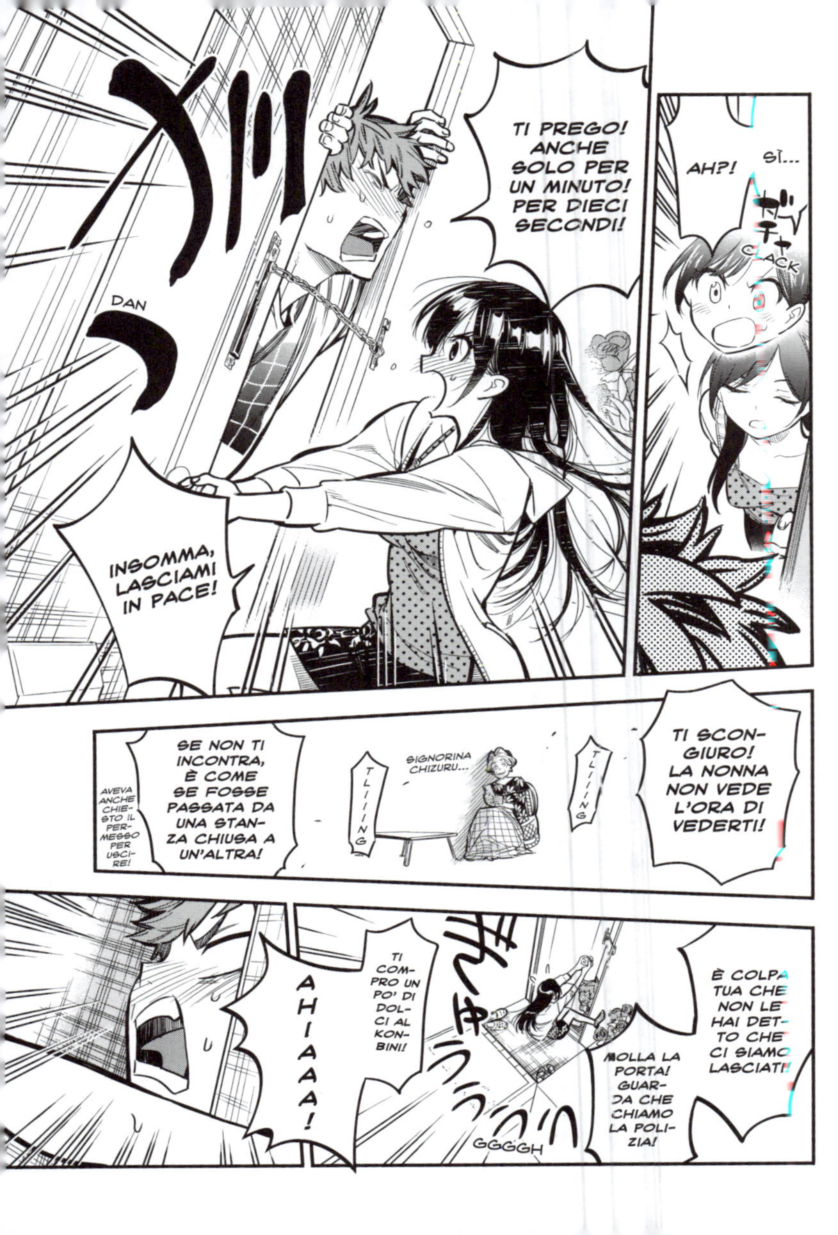
SÌ...
AH?!
CLACK
TI PREGO! ANCHE SOLO PER UN MINUTO! PER DIECI SECONDI!
DAN
INSOMMA, LASCIAMI IN PACE!
TI SCONGIURO! LA NONNA NON VEDE L'ORA DI VEDERTI!
TLIIING
SIGNORINA CHIZURU...
TLIIING
SE NON TI INCONTRA, È COME SE FOSSE PASSATA DA UNA STANZA CHIUSA A UN'ALTRA!
AVEVA ANCHE CHIESTO IL PERMESSO PER USCIRE!
È COLPA TUA CHE NON LE HAI DETTO CHE CI SIAMO LASCIATI!
MOLLA LA PORTA! GUARDA CHE CHIAMO LA POLIZIA!
GGGGH
TI COMPRO UN PO' DI DOLCI AL KONBINI!
AHIAAAA!

HO SOLO IL SUO CONTATTO LINE CHE USA PER LAVORO!
E QUELLO È SICURAMENTE MONITORATO DALL'AGENZIA!
CERTO... IL SUO NUMERO...
OVVIO CHE LO SO...
Va bene! Non vedo l'ora!
AH, PRONTO?
SÌ...
NONNA È GIÀ ARRIVATA, SAI...
COME VA? SEI INDAFFARATA?
SÌ, SÌ...
CLACK
ガチャ
CAPISCO...
WLAM
ばたん
DASH
ダッ
PLIN
ピンポン
PLON
PLIN
ピンポン
PLON
SÌ?
C'È UN PACCO PER LEI.

AH! AH! AH!
GUARDA OSEN COM'È CONTENTA!
TLIIING
GRAZIE, SIGNORA NAGOMI!
TLIING
GRAZIE, SIGNORA NAGOMI!
LA FORMA DEGLI OCCHI È IDENTICA A QUELLA DELLA SIGNORINA CHIZURU, NON TROVI?
AH! AH! AH!
OCH! SEI FELICE?
TLIING
TLIIING
TI COMPRO ANCHE IL KIMONO CON LE FOGLIE DI ACERO!
AH! AH! AH!
...
TLIIING
TLIIING
ANCORA NESSUNA NOTIZIA DELLA SIGNORINA CHIZURU
ORMAI SI È FATTA SERA, NO?
EH?!
AH, GIÀ! CHISSÀ CHE STA FACENDO!
PERCHÉ NON PROVI A TELEFONARLE?
EH?! TELEFONARLE?!
SAPRAI SICURAMENTE IL SUO NUMERO DI TELEFONO, NO?

MA GUARDA CHE APPARTAMENTO TRASANDATO!
NON SEMBRA PROPRIO LA STANZA DI UNO CHE HA LA RAGAZZA!
WRAM
UGH!
PUNGENTE COME AL SOLITO!
LA SIGNORINA CHIZURU NON È ANCORA ARRIVATA? OGGI NON AVETE LEZIONE, NO?
EH?!
AH, NO...
È CHE...
... DEVE LAVORARE!
L'HANNO CHIAMATA ALL'IMPROVVISO, SAI...
CHISSÀ SE VERRÀ!
SAREBBE DAVVERO BELLO SE VENISSE A TROVARCI! EH, GIÀ!
PERCHÉ STRILLI?
TUNZ
TUNZ
TUNZ
HA SU LE CUFFIE.
QUESTA CASA È LERCIA.
MAH, BASTA CHE RIESCA A INCONTRARLA PR MA CHE FACCIA NOTTE.
MAGARI, NEL FRATTEMPO, FACCIO UN PO' DI PULIZIE.
NONNA RESTERÀ QUI FINO A STASERA TARDI?! E MIZUHARA NON VUOLE SENTIRE RAGIONI!
COME DIAVOLO FACCIO?!
DIREI DI COMINCIARE DALL'ARMADIO...
WAAAH! NON CE N'È BISOGNO!

GGGH!
GWAAAAH!
E ADESSO, CHE FACCIO?!
DON
DON
CIAO, KAZUYA. METTI SU L'ACQUA PER IL TÈ, SU.
HA... HAI FATTO PRESTO, NONNA!
DA NOI SI DICE "AFFRETTATI A FARE DEL BENE", NO?
E QUESTO SAREBBE "FARE DEL BENE"?!
PIUTTOSTO, SEI STATA BRAVA A TROVARE LA CASA!
CHE CI VUOLE? CON GOOGLE MAPS SI PUÒ ANDARE OVUNQUE.
ROLL
ROLL

NON CI PENSO NEMMENO!
ARTICOLO 3, COMMA 3 DEI TERMINI DI SERVIZIO.
SONO PROIBITI ATTI VOLTI A IMPORRE ALLE RAGAZZE DELLA NOSTRA AZIENDA L'INGRESSO NEGLI SPAZI PRIVATI DEL CLIENTE, COME LA PROPRIA ABITAZIONE O LA PROPRIA AUTO!
SEI ABBASTANZA GRANDE DA CAPIRNE IL SIGNIFICATO, CREDO!
SE RACCONTI BALLE, POI DEVI ACCETTARNE LE CONSEGUENZE!
UGH!
CONTINUARE A RIMANDARE È UN COMPORTAMENTO DAVVERO INFANTILE.
SENZA CONTARE CHE, COME TI HO GIÀ DETTO, NON SI PUÒ INTERFERIRE CON LA NOSTRA VITA PRIVATA.
E COMUNQUE, SE QUELLI DELL'AGENZIA SCOPRISSERO CHE HO ACCETTATO UN LAVORO SENZA PASSARE DA LORO, MI LICENZIEREBBERO!
N... NON LO SCOPRIREBBERO MAI.
COMÈ POTREBBERO?
MALEDETTA!
LO SA BENISSIMO CHE NON È QUELLO IL PROBLEMA!
FATTO STA CHE IO OGGI AVEVO DECISO DI SCRIVERE UNA TESINA PER L'UNIVERSITÀ... ERGO, SONO IMPEGNATA!
QUADERNO
ADDIO!
NON PRESENTARTI PIÙ!
SLAM

TI SCONGIURO! SII LA MIA FIDANZATA...
DOOON
... ANCORA UNA VOLTA!
CHE?! MI PRENDI IN GIRO?!
PERCHÉ IO?!
COL CAVOLO!
E COMUNQUE, AVEVI PROMESSO CHE NON MI AVRESTI NEMMENO GUARDATA, O MI SBAGLIO?!
MA QUELLO È PER QUANDO SIAMO ALL'UNIVERSITÀ, NO?!
NO, SEMPRE! NON INTERPRETARLO COME TI PARE!
PER FAVORE! OGGI MIA NONNA VERRÀ QUI!
LE HANNO TIPO DATO UN PERMESSO PER USCIRE...
TI CHIEDO SOLO UN'ORA, DAVVERO! ANZI, TRENTA MINUTI BASTERANNO!
TI PAGO LA TARIFFA PIENA!
CI ERAVAMO MESSI D'ACCORDO DI DIRE ALLE NOSTRE NONNE CHE CI ERAVAMO LASCIATI, NO?!
N... NON SONO ANCORA PRONTO PER FARLO!
SEI DAVVERO PATETICO!
GUARDA CHE QUELLI COME TE FINISCONO PER ESSERE SUCCUBI DELLE MOGLI!
NE... NEMMENO TU GLIELO HAI ANCORA DETTO, NO?!
E QUESTO CHE C'ENTRA?!
SOLO PERCHÉ NON HO ANCORA AVUTO L'OCCASIONE!

MIA NONNA...
...STA VENENDO QUI?!
CHE FACCIO?! INTANTO, NASCONDIAMO TUTTE LE RIVISTE SCONCE NELL'ARMADIO...
E I DVD! E I BLUE RAY!
METTIAMO LA PASSWORD AL COMPUTER!
COSA LE FACCIO DA MANGIARE?! DOVREI ANDARE A COMPRARE QUALCOSA?!
PIUTTOSTO, DAVVERO VIENE PER INCONTRARE MIZUHARA?!
SI È PROPRIO FISSATA!
SE LE DICESSI IN FACCIA CHE CI SIAMO LASCIATI, ANDREBBE FUORI DI TESTA...
E PENSARE CHE VOLEVO CAVARMELA SCRIVENDOLE UN MESSAGGIO...
E SE, PER LO SHOCK, SCOPPIASSE A PIANGERE? COSA FAREI, IN QUEL CASO?
KAZUYAAA...
!
204
Ichinose

PERÒ, È CONFER-
MATO CHE...
... CHIZURU MIZUHARA VIVE QUI!
DUE GIORNI DOPO.
IL NEGOZIO DI LIQUORI DI NAGOMI
Voglio vedere la signorina Chizuru, così mi sono presa un permesso per uscire dall'ospedale. Verrò a casa tua, tanto oggi è festa, no? Va bene anche per poco, quindi cerca di organizzare un incontro.
A FRA POCO!
IGUANA
EEEEH?!

SI PUÒ SAPERE CHE DIAVOLO CI FAI QUI?!
EH? B... BE', L'APPARTAMENTO ACCANTO È IL MIO...
TI STO CHIEDENDO PERCHÉ ABITI QUI!
!
C... CHE RAZZA DI DOMANDA È?
HO PRESO CASA AD APRILE...
NESSUNA INTERAZIONE!
NON INTROMETTERTI...
... E NON FICCARE IL NASO!
SAREMO DUE COMPLETI ESTRANEI FINO ALLA LAUREA!
EH?!
POST
TLICK
UGH
CHE CAVOLO! NON TRATTARMI...
... COME SE FOSSI UNO STALKER!
COME AL SOLITO, PENSA SOLO A SE STESSA...
È PROPRIO UN'EGOISTA!

UFF
?!
ばたん
WLAM
CLACK
EH?!
M... MA...
MI-ZUHA-RA?!
あ
AGIT
SEI MI-ZUHARA, NON È VERO?!
AH, NO, FORSE TI CHIAMI ICHINO-SE...
MA GUAR-DA UN PO' CHE COINCI-DENZA, EH?!
!

CHE ...
MIZUHARA, CHE CI FAI QUI...
... AL ROYAL HILLS NERIMA?
CHE ABITI NEL MIO STESSO PALAZZO?
NO, NON PUÒ ESSERE!

Grado di soddisfazione 3 LA RAGAZZA DELLA PORTA ACCANTO

EH?!
CHE?!
AAAH!

SENDRU
204
Ichinose
ARIA
CLACK

* ANTINCENDIO
SHINOBU
203
Kinoshita

QUESTA È...
L'APP È STATA RIMOSSA
... DAVVERO LA FINE.
BENE, ANDIAMO.
トン TON
トン TON
I MIEI GIORNI INSIEME ALLA "FIDANZATA" CHIZURU MIZUHARA...
... E LA MIA VITA DA "VERGINELLO CHE NOLEGGIA UNA RAGAZZA"...
ガチャ CLACK
... SONO UFFICIALMENTE TERMINATI.
チュン CIP
チュン CIP
CERTO... IL FATTO DI ESSERE UN VERGINELLO È RIMASTO!
ガチャ CLACK

* CIRCA 50.000 EURO, N.D.T.

POI, MIZUHARA MI HA SORRISO...
... E SI È ALLONTANATA.
AVEVA AIUTATO ME E MIA NONNA...
... ARRIVANDO PERSINO...
... A MENTIRE A UNA SUA PARENTE.
ERA STATA UNA PROFESSIONISTA FINO ALLA FINE...
... ANCHE CON UN RIFIUTO COME ME.
DRRR
DRRR
CLACK

SONO SICURA CHE...
... TROVERAI UNA RAGAZZA FANTASTICA!

SCUSAMI...
... E GRAZIE.
...
NON PENSARE MALE.
NON CE L'HO CON TE...
... E ANCHE IO VOGLIO RENDERE FELICE LA MIA FAMIGLIA...
MA AL MOMENTO...
... NON POSSO ASSOLUTAMENTE LASCIARE QUESTO LAVORO.
?
MIZUHARA?

UGH
ALLA FINE, NON SIAMO RIUSCITI AD ANDARE IN QUELLA CAFFETTERIA.
AH... È VERO... PAZIENZA.
SCUSAMI, SE TI HO COSTRETTO A MENTIRE A TUA NONNA.
LA COLPA È ANCHE MIA, PERCHÉ NON LE HO MAI DETTO DEL MIO LAVORO.
DIREMO LORO CHE CI SIAMO LASCIATI?
È LA COSA MIGLIORE.
HA... HAI RAGIONE.
NON SAPEVO... CHE ANCHE TUA NONNA FOSSE RICOVERATA...
FISH
TI HO CHIESTO MOLTO, ORA ME NE RENDO CONTO.

板橋第三病院
507
SAYURI ICHINOSE
AH! AH! AH!
CHE SORPRESA! NON AVREI MAI IMMAGINATO CHE LA SIGNORINA CHIZURU FOSSE TUA NIPOTE, ICHINOSE!
AAAH! MI FA MALE LA PANCIA DAL RIDERE!
GIÀ, NEMMENO IO! NON SAPEVO PROPRIO CHE LA RAGAZZA DI KAZUYA FOSSE CHIZURU!
PERÒ, DOVEVO IMMAGINARLO! È PERCHÉ È TUA NIPOTE CHE È CRESCIUTA CON UN CORPO COSÌ BELLO SIA DAVANTI SIA DIETRO!
DAVANTI E DIETRO?!
OH, MA COSA DICI, KINOSHITA?!
UH! UH! UH!
PIUTTOSTO, SONO IO CHE MI SENTO TRANQUILLA SE IL RAGAZZO DI CHIZURU È TUO NIPOTE!
VISTO CHE SI SPOSERANNO, SPERO CHE POTREMO MANTENERE UN LEGAME DURATURO...
FLIP
FLIP
MA CERTO...
NON METTETEVI IN COMBUTTA!

MA PENSA! LA NON-NA DI KAZUYA E LA MIA...
EH?!
... SI CONO-SCO-NO?!
MIZUHARA!
CHE COINCI-DENZA!
SIAMO PROPRIO LEGATI DAL DE-STINO!
SCHERZO...
...

ECCO...
WHAM
MI DISPIACE TANTO, NONNA!
IN REALTÀ, IO...
... NON HO NESSUNA...
MA...

EH?! QUEL RAGAZZO È KAZUYA?!
ALLORA, LA SUA FIDANZATA SEI TU, CHIZURU?!
MA... LA CONOSCI?!
CHIZURU È MIA NIPOTE!
COME?! TUA NIPOTE, ICHINOSE?!
CI...
CI HANNO BECCATO!
NON POSSO DARLE...
... ULTERIORI PROBLEMI!
...

CHIZURU...
!
ばっ
WHAM
NONNA...
!
CHE SUCCEDE, ICHINOSE?
AH!
KAZUYA!

YAAAAH!!
SDOOON
COSA STAVI PENSANDO DI FARE?!
TI DENUNCIO!
TI FACCIO CAUSA!
TI HO DETTO E RIDETTO CHE SONO UNA RAGAZZA A NOLEGGIO!
NON SUCCEDERÀ MAI NULLA TRA ME E TE...
NEMMENO SE IL CIELO E LA TERRA DOVESSERO CAPOVOLGERSI!
CHIZURU?

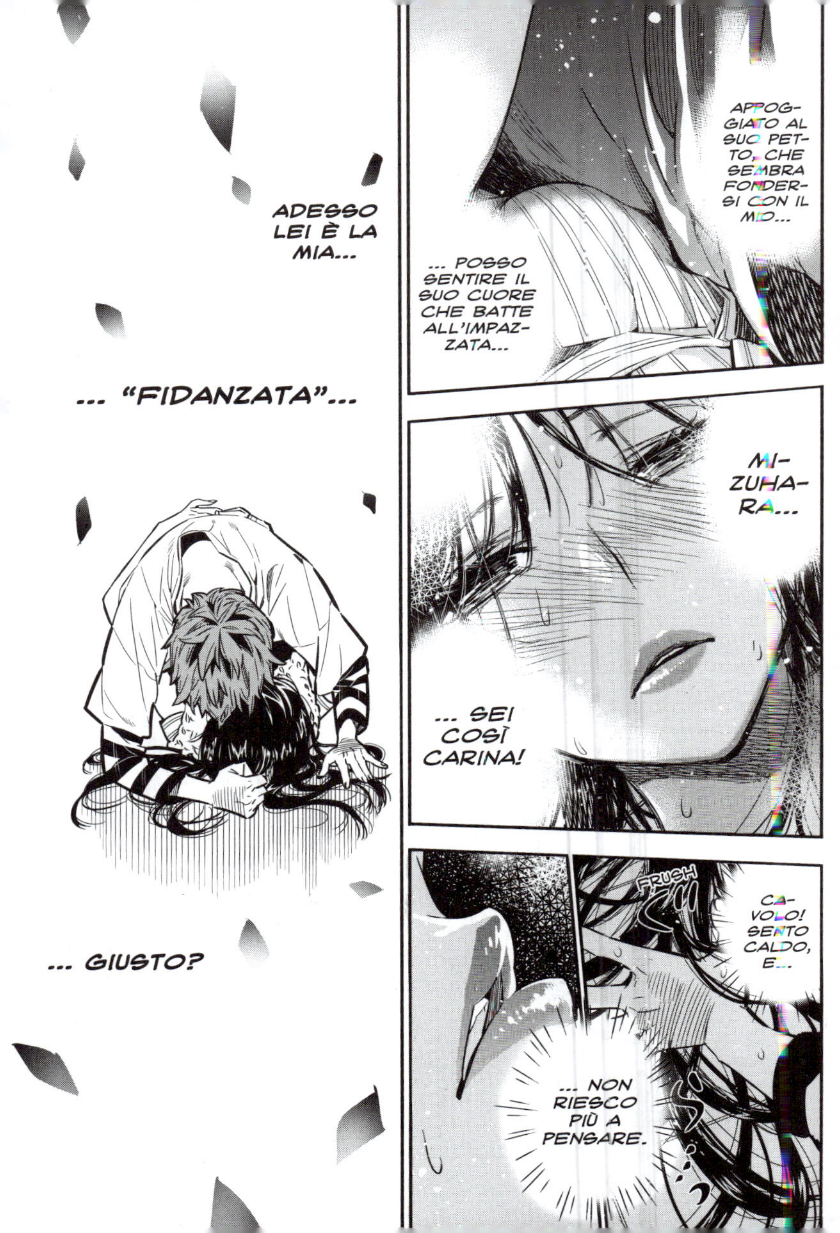
APPOGGIATO AL SUO PETTO, CHE SEMBRA FONDERSI CON IL MIO...
... POSSO SENTIRE IL SUO CUORE CHE BATTE ALL'IMPAZZATA...
MIZUHARA...
... SEI COSÌ CARINA!
FRUSH
CAVOLO! SENTO CALDO, E...
... NON RIESCO PIÙ A PENSARE.
ADESSO LEI È LA MIA...
... "FIDANZATA"...
... GIUSTO?

!
QU... QUESTA DISTANZA È DAVVERO...
... PERICOLOSA!
È COSÌ ESILE...
... E MORBIDA...

TU...
TUTTO BENE...
SCUSI SE LA DISTURBO, MA...
... PER CASO HA VISTO UNA GIOVANE COPPIA?
D... DICEVANO DI VOLERE...
... USCIRE DALL'OSPEDALE.
COSA?!
DASH
LA RINGRAZIO MOLTO!
FLIP
RAGAZZE! I NOSTRI BERSAGLI SONO FUORI!
USCITE TUTTEEE!
TAP
TAP
TAP
TAP
SHIIN
SEMBRA CHE SE NE SIA ANDATA...
GIÀ...

BLUSH
EHI! QUALSIASI COSA TU STIA PENSANDO, NON PENSARCI PIÙ!
COME SE FOSSE FACILE! È LA NORMALE REAZIONE DI UN RAGAZZO DI VENT'ANNI (VERGINE)!
SMETTILA! FALLO ABBASSARE SUBITO!
TI HO DETTO CHE NON POSSO!
FRUP
FRUP
FRUP
SE CONTINUI COSÌ, TI SEGNALO ALL'AGENZIA!
SCEMA, NON MUOVERTI! SE TI MUOVI È PEGGIO...
SMETTILA...
FRUP
MMH?
C'È UN PAZIENTE?
EHM... TUTTO BENE?
!
PARLA TU! NO, TU! NO, TU!
!
!

ANF!
E COSÌ...
ANF!
KA-ZUYA?
CLACK
SIGNORINA CHIZURU?
ADESSO SÌ...
... CHE LA SITUAZIONE SI FA CRITICA!
!

!
E... EHI! MA CHE...
SCEMO! NON PARLARE!
O CI TROVERANNO!
OKAY, MA...
SE STIAMO COSÌ...

CAVOLO!
STA VENENDO QUI!
NA...
NASCONDIAMOCI!
DASH
GWAH!
STOMP
WRAM
MMH?
NON CI SONO...

NON POSSONO ESSERE ANDATI LONTANO!
WOOOH!
CERCHIAMOLI TUTTE INSIEME!
MA GUARDA CHE VECCHIETTE ARZILLE!
PERCHÉ NON LE DIMETTONO?
IO VADO A CERCARLI DI LÀ.
TENETE D'OCCHIO L'ASCENSORE.
È COME SE FOSSIMO DIVENTATE DELLE DETECTIVE!♪
EH! EH! ♥
EH! ♥
IL DIPARTIMENTO VECCHIETTE!♪♪
SE RESTIAMO QUI, PRIMA O POI CI TROVERANNO!
CHE FACCIAMO?!
USCIAMO DALLA FINESTRA? L'HO VISTO IN UN FILM... LEGHI INSIEME LE LENZUOLA, E...
MA TI PARE?! SIAMO AL QUINTO PIANO! A METÀ STRADA FINIREMMO PER PRECIPITARE E MORIRE!
NON RIMANE CHE SEPARARCI E USCIRE UNO ALLA VOLTA!
TU VAI PER PRIMO E, MENTRE DISTRAI LE VECCHIETTE, IO ESCO DALL'OSPEDALE!
PERÒ... NON È GIUSTO!
CHE ALTRO POSSIAMO FARE?!
ORA CHE CI PENSO... AVETE CERCATO NELLA 501?
QUELLA ADESSO È VUOTA, GIUSTO?
MI È DISPIACIUTO TANTO PER FUJI...
!

SIAMO FREGATI! SE TUA NONNA TI VEDE, LA MIA SCOPRIRÀ CHE NON SEI LA MIA FIDANZATA!
È PER QUESTO CHE HO DETTO CHE È TERRIBILE!
COMUNQUE... INTANTO ANDIAMOCENE!
DASH
AH!
ASP...
!
VENITE, RAGAZZE!
BLA
BLA
DA QUESTA PARTE!
OH, NO! SONO GIÀ QUI!
DI QUA!
OOOH!
AH, UNA STANZA VUOTA?!
EH?! NON CI SONO! MA ERANO QUI FINO A UN SECONDO FA!
VI ASSICURO CHE È VERO!
NON NE DUBITIAMO, KINOSHITA!
...

?
?
È CHE...
MMH?
ANCHE LEI È RI-COVERATA QUI...
ANCHE MIA NON-NA...
... È IN QUESTO OSPEDA-LE...
E PER-CHÉ NON L'HAI DETTO PRIMA?!
CHE NE SAPEVO CHE SAREI TORNA-TA DI NUOVO QUI?!
CRE-DEVO CHE ME LA SAREI CAVA-TA!
CO...
WRAM
COOOOSA?!
E LEI NON SA...
... CHE FACCIO LA RA-GAZZA A NOLEG-GIO!
PORCA MISE-RIA...

SI RENDE CONTO DI QUELLO CHE DICE?!
CON IL LAVORO CHE FA, DEVE STARE ATTENTA!
板橋第三病院
AH, GIUSTO! ASPETTATE, VADO A CHIAMARE LE ALTRE!
DASH
AH...
OKAY...
TI VEDO IN SALUTE, COMUNQUE.
?!
IN... IN CHE SENSO?!
NON NE SAPEVO NIENTE!
“LE ALTRE” CHI?!
AAH, VEDI... A QUANTO PARE, MIA NONNA HA DETTO ALLE ALTRE VECCHIETTE DELL'OSPEDALE...
... CHE SUO NIPOTE SI È TROVATO UNA RAGAZZA...
CHE IMBARAZZO.
CHEEEEE?!
WRAM
EH?
È COSÌ GRAVE?
PERCHÉ TI AGITI TANTO?
OH, NO, È TERRIBILE! E ADESSO CHE FACCIAMO?!
ZAAAN

È PROPRIO BRAVA...
... A IMPROVVISARE!
SICH
うる
SNIFF
うる
FATELO! FATELO PURE!
NON CE NE SARÀ MAI UN'ALTRA COME TE!
GRAB
ばっ
DI GIORNO, DI NOTTE, QUANDO VI PARE!
NONNA!
AH, PERÒ USATE LE DOVUTE PRECAUZIONI!
AI FIGLI CI PENSERETE DOPO CHE VI SARETE SPOSATI!
TI STAI ESALTANDO TROPPO!
NON-NA?!
ALLORA...
A TE STA BENE...
VERO?
È UNA RECITA È UNA RECITA È UNA RECITA È UNA RE-
UNA RECITA È UNA RECITA È UNA RECITA

NONNA?!
TI PARE UN DISCORSO DA AFFRONTARE ORA?!
PERCHÉ ARROSSISCI? PER I GIOVANI DI OGGI È NORMALE FARLO, NO?
I MIEI MUTUALS LO FANNO CONTINUAMENTE.
SCRIVONO #SISCOPA.
CHE RAZZA DI PERSONE SEGUI, TU?!
ANCHE IN PREVISIONE DI UN MATRIMONIO, L'AFFINITÀ FISICA È MOLTO IMPORTANTE.
E, IN OGNI CASO, DOVETE RICORDARE CHE KAZUYA È IL MIO UNICO EREDE.
MI PARE UN PO' PRESTO!
M... MATRIMONIO?
LA NONNA NON SA CHE È UNA RAGAZZA A NOLEGGIO...
... E GUARDA CHE RAZZA DI DISCORSI SI METTE A FARE!
STA ESAGERANDO...
IO E KAZUYA NE ABBIAMO PARLATO.
EH?
E ABBIAMO DECISO CHE ANCHE IN QUESTO CASO VOGLIAMO FARE LE COSE PER BENE.
VISTO CHE È IL SUO PREZIOSO EREDE...
... VOLEVAMO ASPETTARE FINCHÉ NON AVESSIMO RICEVUTO LA SUA APPROVAZIONE, SIGNORA.

* ROMANDE, STORICO MARCHIO DI PASTICCERIA GIAPPONESE, N.D.T.

MMH?
CHE HAI?
NO...
NIENTE...
?
NON LE PIACCIONO GLI OSPEDALI?
MMH?
SIGNORA KINOSHITA!
MAMMA!
TAP
TAP
TAP
SIGNORINAAAAAA!
SEI QUIIIII!
NAGOMI!
MAMMA!
WAH!
SIGNORA?!
NONNA?!
む
MMH
SEI REALE! ESISTI VERAMENTE!
GRAB

È...
È PRO-PRIO COSÌ!
AFFETTE
KANOIR
BENE.
UHM.
OKAY.
ORA INVECE FA PROPRIO PAURA...
SMILE
ニコッ
ALLORA, ANDIAMO ALL'O-SPEDA-LE?
S... SÌ.
板橋第二病院
ウィーン
WIIIN
WHIRL
キョ
WHIRL
キョ

AN-DIA-MO?
S... SÌ!
EH? CHI È?
WOW!
CERTO CHE È UNA RAGAZZA CHE SA PROPRIO COME CAMBIARE IL PROPRIO ASPETTO...
DA COME SI ACCONCIA I CAPELLI E SI VESTE, SEMBRA VERAMENTE UNA IDOL!
SE NON L'AVESSE NOLEGGIATA, NON AVREI MAI POTUTO...
... CAMMINARE ACCANTO A UNA RAGAZZA COSÌ BELLA...
GRAZIE ALLA DIAMOND PASSERAI MOMENTI PREZIOSI COME UN GIOIELLO...

IL GIORNO DOPO.
WROOOM
POO
POO
AH! KAZUYAAA!
ECCOMI! ♥
EH? CHI È QUELLA RAGAZZA? UNA IDOL?
...
BEATO IL FIDANZATO!
È VERAMENTE SENZA VERGOGNA, MA...
... È TROPPO CARINA!

シュ
SHUN
Va bene! Non vedo l'ora! ☆
コ
...
VA BENE!
NON VEDO L'ORA! ☆
TI ADORO, KAZUYA!
NON L'HA DETTO.
IN PARADISO
AH...
MA COSA CAVOLO MI ESALTO?
LO DICE A TUTTI! A TUTTI!
NON DEVO DIMENTICARE CHE SOTTO QUEL BEL SORRISO SI NASCONDE UNA STREGA!
NIENTE A CHE VEDERE CON MAMI!
CHISSÀ CON CHE FACCIA SI PRESENTERÀ...
STUMP
ぱふっ
... QUELLA EGOISTA...

NiceBank
21:03
Diamond。XXXXXXXXXXXXXXX
GRAZIE ALLA DIAMOND PASSERAI MOMENTI PREZIOSI COME UN GIOIELLO
GRAZIE ALLA DIAMOND PASSERAI MOMENTI PREZIOSI COME UN GIOIELLO
RAGAZZE A NOLEGGIO
Diamond
QUESTO VISO SORRIDENTE VALE COME ORO DIECI CARATI
NOLEGGIA
GRAZIE ALLA DIAMOND...
... PASSERAI MOMENTI PREZIOSI COME UN GIOIELLO, EH?
MA GUARDA... CON LA CHAT DI LINE, SI POSSONO DECIDERE IN ANTICIPO I DETTAGLI DELL'APPUNTAMENTO...
... E PERSINO IL CIBO CHE SI CONSUMERÀ.
È IL PACCHETTO BASE.
LE PRIME VISITE SONO CINQUEMILA YEN ALL'ORA...
(DAI SOLDI CHE MI HANNO DATO I MIEI)
TRA LE SPESE DI VIAGGIO E QUELLE PER MANGIARE, SPENDERÒ PIÙ DI VENTIMILA YEN...
È UN SACCO...
VISTO CHE È SOLO UNA VISITA ALL'OSPEDALE, POI CI AVANZERÀ DEL TEMPO...
Va bene qui?
SHUN
☆☆☆☆
DOPO POTREMMO ANDARE DA QUALCHE PARTE...
TANTO, AVREMMO DOVUTO FARLO COMUNQUE...

CON QUESTA VOLTA, SAREMO PARI.
NON DIRAI A NESSUNO DEL MIO LAVORO...
... E QUANDO CI INCONTREREMO ALL'UNIVERSITÀ NON MI DOVRAI NEMMENO GUARDARE!
UGH
VA BENE...
CHE CATTIVA.
ALLORA...
PAT
... È DECISO.
UFF... CHE FAME...

MI STAI RICATTANDO?!
BASTARDO!
TE L'HO DETTO, SONO DISPERATO! TI PREGO!
NON VORREI FARLO, IN REALTÀ!
UFFA...
CHE PALLE! COME DIAVOLO SIAMO ARRIVATI A QUESTO PUNTO?!
AVREI DOVUTO GUARDARE MEGLIO IL REGISTRO DEGLI STUDENTI CHE FREQUENTANO L'UNIVERSITÀ!
...
...
E VA BENE! MA SOLO PER QUESTA VOLTA!
TI LIBERO UNO SLOT!
IN CAMBIO, POI, NON DOVRANNO ESSERCI ALTRI “ACCORDI” COME QUESTO!
PER ME SARÀ IL MIO SOLITO LAVORO!
VA BENE!
SÌ!
NON C'È PROBLEMA!

NON POSSIAMO FARCI COINVOLGERE TROPPO NELLA VITA PRIVATA DEI NOSTRI CLIENTI.
È UNA REGOLA DELLA NOSTRA COMPAGNIA.
CAUSEREBBE UN SACCO DI PROBLEMI.
...
CAPISCO...
CAPISCO BENISSIMO, MA...
... SEI SICURA...
... DI POTERTI RIFIUTARE?
GRIN
COSA?!

MA SEI SCEMO?! NON POTEVI SEMPLICEMENTE DIRLE CHE NON POTEVI ANDARE?!
IMPOSSIBILE!
DALLA PRIMA VOLTA CHE È STATA RICOVERATA, QUANDO ERO ALLE ELEMENTARI, TUTTA LA FAMIGLIA VA A TROVARLA IL MERCOLEDÌ! È SEMPRE STATO COSÌ!
KAZUYA ALLE ELEMENTARI.
TE L'HO DETTO, NO? NONNA È IL DIO DELLA FAMIGLIA KINOSHITA!
MIO PADRE SI ARRABBIEREBBE!
E SE MI TAGLIASSE I FONDI?!
E, SOPRATTUTTO, RENDEREI LA NONNA DAVVERO TRISTE!
È COME SE FOSSE...
... UNA REGOLA VERGATA CON IL SANGUE!
E LA MISERIA!
CHE ESAGERATO!
A MIA NONNA PIACI VERAMENTE TANTO!
VEDENDO QUANTO FOSSE CONTENTA ALL'IDEA DI INCONTRARTI, NON SONO PROPRIO RIUSCITO A DIRLE CHE ERA TUTTA UNA BUGIA!
TI PREGO!
...
MI DISPIACE, MA...
... NON SI PUÒ FARE.
EH?

TI PRE-GO!
PERMET-TIMI DI NOLEG-GIARTI ANCORA UNA VOL-TA!
COME?
SEI FUORI DI TESTA?
NON MI HAI SENTITO, PRIMA?
LO SO CHE È ASSUR-DO!
MA MER-COLEDÌ VADO A TROVARE MIA NON-NA, E...
... LEI VUOLE ASSOLU-TAMENTE VEDERTI!

AH... ECCO... NON SAPREI, DEVO VEDERE SE HA DA FARE...
EH! EH! HO DETTO ALLE SIGNORE DELL'OSPEDALE CHE MIO NIPOTE SI È FINALMENTE FATTO LA RAGAZZA...
E ANCHE BELLA!
... E ADESSO VOGLIONO VEDERLA!
L'HAI DETTO A TUTTE?!
PIUTTOSTO, LO SAPEVI?! ULTIMAMENTE VA UN SACCO DI MODA IL GIOCO PER CELLULARE "LA GIOVANE PROPRIETARIA DELLE TERME DAI VAPORI HOT"! E "OSEN", CHE COMPARE NEL GIOCO, È IDENTICA ALLA SIGNORINA CHIZURU!
TLIIIING
AH! AH! AH!
TLIIIING
INSOMMA, SIGNORA KINOSHITA!
VISTO CHE NON POSSO FARE ALTRO CHE CONTARE I GIORNI CHE MI SEPARANO DA LEI, STO SPENDENDO UN PATRIMONIO CON GLI ACQUISTI ONLINE NEL GIOCO!
TLIIIING
TLIIIING
TLIIING
ALLORA, A MERCOLEDÌ!
PIC

* CIRCA OTTO EURO, N.D.T.

CHI-
ZURU
MIZU-
HARA!
COL CAVO-
LO CHE TI
NOLEGGERÒ
DI NUOVO!
SE PROPRIO DOVRÒ, MI
SCEGLIERÒ UN'ALTRA
RAGAZZA!
DRRR
DRRR
BALANCE
07
IL NEGOZIO
DI LIQUORI
DI NAGOMI
nagomi-k
AH!
SKYPE?

Sì, sì, ma non urlare.
Sennò ci sentono.
Ma se hai iniziato tu!
Questa è anche la mia università!
Potevi andarci tu, da qualche altra parte!
E io che cavolo ne sapevo?!
Come come? Cos'è che ha detto il ragazzo coniglio che è stato mollato dalla ragazza ed era così triste da registrarsi al sito?
Ugh...
Figurati! Sono io che mi vergogno di dire che sono uscito con te!
La tua presenza è già una seccatura!
Se solo ne fai parola con qualcuno, te la vedrai con me!
Ugh...
Che donna egoista!
Ma guarda te!
Addio.
Ti prego di non richiedere mai più i miei servizi.
Dov'è finita quella persona...
... graziosa e gentile?!

I VESTITI E IL TRUCCO SONO DIFFERENTI, MA...
... LEI È CHIZURU MIZUHARA!
FORZA, GIURALO! IO E TE NON CI...
VA BENE! HO CAPITO!
BALANC
ACCIDENTI... PROPRIO QUI DOVEVI ISCRIVERTI?
A CHE MI È SERVITO EVITARE LA ZONA UNIVERSITARIA DURANTE I MIEI APPUNTAMENTI?
E...

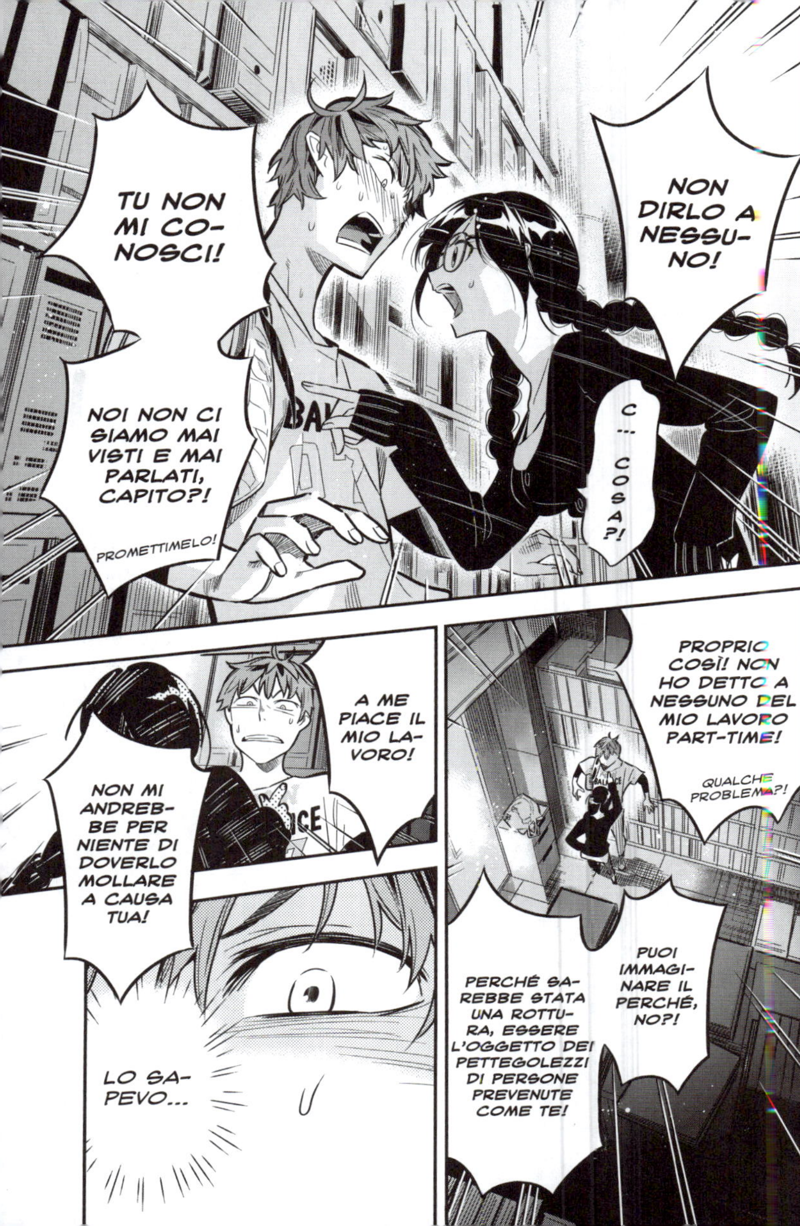
NON DIRLO A NESSUNO!
TU NON MI CONOSCI!
C... COSA?!
NOI NON CI SIAMO MAI VISTI E MAI PARLATI, CAPITO?!
PROMETTIMELO!
PROPRIO COSÌ! NON HO DETTO A NESSUNO DEL MIO LAVORO PART-TIME!
QUALCHE PROBLEMA?!
PUOI IMMAGINARE IL PERCHÉ, NO?!
PERCHÉ SAREBBE STATA UNA ROTTURA, ESSERE L'OGGETTO DEI PETTEGOLEZZI DI PERSONE PREVENUTE COME TE!
A ME PIACE IL MIO LAVORO!
NON MI ANDREBBE PER NIENTE DI DOVERLO MOLLARE A CAUSA TUA!
LO SAPEVO...

LA FACOLTÀ DI LETTERATURA?!
PRATICAMENTE, FREQUENTA LA MIA STESSA UNIVERSITÀ E TIENE NASCOSTO CHE PER LAVORO FA LA RAGAZZA A NOLEGGIO?!
HAI VISTO L'ULTIMA PUNTATA DI TERRACE HOUSE?
TAISHI NON CE LA FA PIÙ!
IN EFFETTI, SE QUALCUNO LO SCOPRISSE, SAREBBE NEI GUAI.
SAREBBE TROPPO UNA COINCIDENZA, INCONTRARLA QUI.
FORSE È VERO CHE ERA UNA CHE LE SOMIGLIAVA...
CI RISENTIAMO PER PRANZO, OKAY?
CIAO!
TAP
TAP
TAP
GRAB
MMH?
GWAH!
WLAM
TWIRL
TWIRL
EH?!

AAAH— NO...
MI SA CHE HO SBAGLIATO PERSONA...
COME?!
CHE CAVOLO, E IO CHE MI ASPETTAVO CHISSÀ CHE...
VISTO CHE ANCHE LEI SEMBRAVA STRANA...
QUEL CRETINO NON DISTINGUE UNA RAGAZZA DALL'ALTRA...
SAREBBE STATA UNA SCENA DA COMMEDIA ROMANTICA!
ECCO PERCHÉ È ANCORA VERGINE...
BUUU
BUUU
DI CHI PARLATE?!
CHE SIGNIFICA?!
È VERO. IL SUO ASPETTO E IL SUO ATTEGGIAMENTO SONO COMPLETAMENTE DIVERSI...
... E, A UNA PRIMA OCCHIATA, SEMBRAVA UNA CHE NON SI FA NOTARE, MA...
MA SONO SICURO CHE QUELLA...
... FOSSE LA RAGAZZA A NOLEGGIO CHIZURU MIZUHARA!

CHE C'È, KAZUYA? LA CONOSCI?
EH?!
AH, BE'...
...
AH!
FUSH
CHI È?
FREQUENTA LA NOSTRA UNIVERSITÀ? MAI VISTA!
CREDO FREQUENTI LA FACOLTÀ DI LETTERATURA... ICHI... ICHIHARA, TIPO?
È IL CLASSICO TIPO CHE NON SI FA NOTARE, EH?
ALLORA? COME MAI HAI REAGITO COSÌ, QUANDO L'HAI VISTA?
CHE RAPPORTO AVETE?
PON
EH?
NON POSSO CERTO DIRE CHE È STATA LA MIA RAGAZZA A NOLEGGIO!

EH?!
CCSA...
AH...
AAAH!
NOW BALANCE 07

Grado di soddisfazione 2 LA MIA FIDANZATA

RIASSUNTO DI "RENT-A GIRLFRIEND".
KAZUYA KINOSHITA (20), UNO STUDENTE DELL'UNIVERSITÀ DI TOKYO...
... CHE HA RICEVUTO DAI SUOI GENITORI UN MILIONE DI YEN E LI STA SPERPERANDO TUTTI...
* NON DOVETE LEGGERLO, SE SAPETE GIÀ TUTTO! ANDATE ALLA PAGINA DOPO!
... VIENE MOLLATO DALLA SUA RAGAZZA MAMI NANAMI (DOPO SOLO UN MESE).
SCUSA!
WOOOOH!
PIC
VISTO CHE È TRISTE, NOLEGGIA UNA FIDANZATA DAL SITO "DIAMOND".
STOMP
COSÌ CONOSCE CHIZURU MIZUHARA, UNA RAGAZZA GRAZIOSA E GENTILE...
PRATICAMENTE LA FIDANZATA PERFETTA.
TUTTAVIA, QUANDO PER LO SHOCK DI ESSERE STATO MOLLATO, SI SFOGA SU DI LEI TRATTANDOLA MALE...
SONO LA TUA RAGAZZA A NOLEGGIO, NO?! L'HAI VOLUTO TU!
... LA RAGAZZA CAMBIA DI PUNTO IN BIANCO E GLIENE DICE QUATTRO.
ALL'IMPROVVISO, KAZUYA DEVE CORRERE IN OSPEDALE PERCHÉ LA NONNA SI È SENTITA MALE, E CHIZURU VA CON LUI.
È LA MIA RAGAZZA.
IL RAGAZZO FINISCE PER PAVONEGGIARSI DI FRONTE ALLA FAMIGLIA DICHIARANDO CHE LEI È LA SUA FIDANZATA. UNA PESSIMA IDEA!
KAZUYA TORNA IN SÉ E PROMETTE A CHIZURU CHE IL GIORNO DOPO DIRÀ LA VERITÀ AI SUOI.
AH!
AH!
AH!
AH!
DI FRONTE A LUI SI DELINEA "UNA VITA DA VERGINELLO SENZA UNO STRACCIO DI FIDANZATA". MA, ALL'UNIVERSITÀ...
... INCONTRA LA SUA "RAGAZZA"...
... CHIZURU MIZUHARA!

EH?!
COSA... MIZUHARA?
CHEEEEE?!

EH?!
REN
GIRLF

T A
RIEND

LA MIA VITA DA VERGINELLO SENZA SPERANZE...
UGH!
TRE!
GWAH! AH! AH!
WOW!
SEI DISPERATO, EH?
... È APPENA INIZIATA!
ふわっ…
FRUSH
コッ
TAP

SOMEYA!
... DELLA MIA DISASTRATA...
... MA COSTRUTTIVA...
FUUUH!
... VITA UNIVERSITARIA!
EHI, KAZUCHIN! QUANTE SEGHE TI SEI FATTO IERI?!
SBAM
UGH

E POI QUESTO...
NOW BALANCE 07
... È SOLO L'INIZIO...

20:38
talent
CHIZURU MIZUHARA
review
user IL RAGAZZO DELL'ACQUARIO
DAVVERO SODDISFATTO! UNA FIDANZATA CARINA, ELEGANTE E CON UNO STILE ECCEZIONAL
NON POSSO...
... CONTINUARE A DIPENDERE DA LEI.
AH! AH!
CHE SCEMO!
IL "FINTO FIDANZAMENTO"...
LA CONSEGNA È DOMANI!
AH, CAVOLO!
DEVO FARE I COMPITI PER L'UNIVERSITÀ!
... ORMAI È GIUNTO AL TERMINE.

キュイ
GNEK
NO...
NON CREDO CHE RIVEDRÒ PIÙ...
ふう…
UFF
DRRR
DRRR
カタ
カタ
TAC
TAC
... CHIZURU MIZUHARA...

MAH, PERÒ...
... NON SI PUÒ DIRE CHE NON COMPRENDA IL TUO DESIDERIO DI RENDERE FELICE UN MEMBRO DELLA TUA FAMIGLIA.
SE TI SENTIRAI ANCORA UN "CONIGLIO"...
... CHIAMAMI PURE.

...
ずいっ
FLIP
MMH?
ぱんっ
CIAFF
?!
AHIA! MA... CHE TI È PRESO?!
BLEAH! CHE SCHIFO!
URGH!
AAAH! HO I BRIVIDI!
POTRESTI EVITARE DI COINVOLGERMI NEL TUO IMBARAZZANTE MONOLOGO?!
ぶる ぶる
BRR BRR
ECCO PERCHÉ ALL'ACQUARIO SEI RIUSCITO A DARE SPETTACOLO! SEI SENZA VERGOGNA!
かあ
BLUSH
È TORNATO IN SÉ.
MA SE SEI TU CHE TUTTI I GIORNI FAI UNO STUPIDO TEATRINO!
IL MIO È LAVORO!
SONO AFFARI!
NON FARE IL SUPERIORE!

E POI, ANCHE OGGI NON HO FATTO ALTRO CHE PENSARE ALLA MIA EX.
ALLA FINE CI HO GUADAGNATO, PERCHÉ HO CAPITO QUANTO MI PIACESSE... NON TROVI?
NON POTRÒ DIMENTICARLA SUBITO, MA...
... ALMENO, QUESTA ESPERIENZA MI HA SPRONATO AD ANDARE AVANTI!
CHIEDERÒ SCUSA A MIA NONNA...
... E UN GIORNO LE PRESENTERÒ UNA VERA FIDANZATA!
D'ORA IN POI, IN UN MODO O NELL'ALTRO, CE LA FARÒ CON LE MIE SOLE FORZE!
PERCHÉ IL VERO IO DI QUALCUNO...
... NON SI PUÒ AFFITTARE, O SBAGLIO?

ABBIAMO TUTTI UN VUOTO NEL CUORE...
... CHE CERCHIAMO DI RIEMPIRE CON IL LAVORO, O CON UN AMANTE.
...
MA D'ORA IN POI COME FARAI? NON SARÀ FACILE PER TE...
È UNA BUGIA BELLA GROSSA.
HAI INTENZIONE DI NOLEGGIARMI OGNI VOLTA?
TI PARE?! È IMPOSSIBILE!
ANCHE DAL PUNTO DI VISTA ECONOMICO.
NON TI PREOCCUPARE.
PROBABILMENTE VERRÒ SUBITO SMASCHERATO, MA...
... NON POSSO DIPENDERE ANCORA DA TE.

TU, PIÙ O MENO...
... SEI ANCORA LA MIA "RAGAZZA", GIUSTO?
NON È ANCORA SCADUTO IL TEMPO...
...
SONO STATO CON UNA PER UN MESE...
QUANDO LE HO DETTO CHE VOLEVO FARLE CONOSCERE MIA NONNA, LEI HA RIFIUTATO...
BE', È NORMALE, CREDO...
... E ALLA FINE MI HA LASCIATO.
E COSÌ, MEZZO DISPERATO...
UN VERO SFIGATO, EH?
... HO PRESO IN PRESTITO... TE.
ERO TRISTISSIMO.
COME SI CHIAMANO QUELLI COSÌ? CONIGLI?
...
NON CI SONO PERSONE CHE NON PROVANO MAI TRISTEZZA...
... MA SONO TANTE QUELLE CHE LA NASCONDONO.

PER QUESTO, PER NOI LA NONNA...
... È UNA SPECIE DI "DIVINITÀ"...
E LA SIGNORINA CHIZURU?! DOV'È ANDATA?!
YAKULT
KAZUYA! L'HA ACCOMPAGNATA FUORI!
E IL DESIDERIO DI QUESTO DIO...
... È CHE IO TROVI UNA BRAVA RAGAZZA, PRIMA CHE LEI PASSI A MIGLIOR VITA...
SAI, IO SONO IL COCCO DI NONNA...
... E VORREI REALIZZARE IL SUO SOGNO, PRIMA CHE SIA TROPPO TARDI.

NON C'È PROBLEMA. DIVERSI CLIENTI MI VOGLIONO PRESENTARE ALLA LORO FAMIGLIA.
AH... CAPISCO...
SAI, LA NONNA...
... È LA TERZA VOLTA CHE VIENE RICOVERATA IN OSPEDALE.
ANCHE SE NON SEMBRA.
EH?
LE ALTRE VOLTE CI È RESTATA UN BEL PO'.
E LE PREVISIONI NON ERANO DELLE PIÙ OTTIMISTICHE...
ANCHE SE NON GLIELO FACCIAMO VEDERE, SIAMO ABBASTANZA PREOCCUPATI.
...
* NAGOMI SNACK
LA MIA FAMIGLIA HA UN NEGOZIO CHIAMATO "IL NEGOZIO DI LIQUORI DI NAGOMI"...
LO AVEVA APERTO MIO NONNO, E ADESSO I MIEI LO HANNO EREDITATO.
DOPO LA MORTE DEL NONNO, MIA NONNA SI ASSUNSE SIA I DEBITI, SIA IL COMPITO DI CRESCERE MIO PADRE, E MANDÒ AVANTI IL NEGOZIO DA SOLA...
IL NEGOZIO DI LIQUORI DI NAGOMI

KA-
ZUYA
HA...
UGH!
板橋第二病院
PERDO-
NAMI, SE
TI HO CO-
STRETTO A
MENTIRE...

DI-MET-TE-TEMI SUBI-TO-OO!
CHE?!
NON POSSO RIMANERE QUI! DEVO TORNARE A CASA E PRE-PARARE UN BANCHETTO DI BENVE-NUTO!
GO
LA SPESA!
ECO BAG
HARUMI! VAI A COMPRA-RE CINQUE PORZIONI DI QUALCOSA DI LUSSUOSO!
GIU... GIU-STO!
STRAP STRAP
CHE STAI DICENDO, MAMMA?! SEI APPENA STATA RICOVERATA, NON PUOI AN-DARTENE!
E NON DARLE CORDA, HARUMI!
GIÀ CHE CI SEI, È MEGLIO SE FAI ALTRI ESAMI!
DOBBIAMO DARLE UN BENVENUTO COME SI DEVE!
IO VADO...
CHE STAI DICEN-DO TU! KAZUYA È VENUTO CON UNA RAGAZZA BELLA E CON UN BEL FISICO CHE SCOPPIA DI SALUTE! TI RENDI CONTO?!
NON POS-SIAMO CER-TO OFFRIR-LE IL CIBO DELL'OSPE-DALE O UNA FLEBO, TI PARE?!
BEL FISI-CO?!
HAI CA-PITO CHE KAZUYA È VENUTO QUI CON UNA RAGAZZA STUPEN-DA?!
SÌ, LO SO... MA...
KAZUYA, CHE IN VENT'ANNI NON HA MAI AVUTO UNO STRACCIO DI FIDAN-ZATA! QUEL KAZUYA!
PRO-PRIO LUI, CAPI-TO?!
LUI!

UGH!
BRR
BRR
BRAVISSIMA!
SONO DAVVERO DESOLATA...
... DI PRESENTARMI IN SIMILI CIRCOSTANZE...
...
SIGH
うる
うる
SIGH

PIACE-RE DI CONO-SCER-VI!
MI CHIA-MO CHI-ZURU MI-ZUHARA!

È LA MIA...
ANCHE SE A NOLEGGIO...
È LA MIA FIDANZATA, ESATTO!
!
COOOOSA?!
DA...
DAV-VE-RO?!
すう…
UFF...
カタンッ
TLACK

INVECE, CHI È, QUELLA SIGNORINA?
NON SAPREI. ERA FUORI CHE ASPETTAVA CON KAZUYA, COSÌ L'HO FATTA ENTRARE.
GASP
ECCO...
EHM...
SEI UNA SUA COMPAGNA DI CLASSE? O MAGARI LA FIDANZATA...
E POI, È UNA RAGAZZA COSÌ BELLA!
SEMBRA UNA IDOL!
MA CERTO CHE NO, CARA. STIAMO PARLANDO DI KAZUYA, IN FONDO!
HAI RAGIONE... È IMPOSSIBILE.
AH! AH! AH...
È PUR SEMPRE KAZUYA, NO?
EH, GIÀ! FIGURIAMOCI SE KAZUYA...
CIOÈ, KAZUYA, ANDIAMO...
KAZUYA?
GRIP
È...

* DOLCE COMPOSTO DA CUBETTI DI GELATINA COSPARSI DI FARINA DI SOIA TOSTATA, N.D.T.

* TERZO OSPEDALE ITAHASHI

ALLORA? CHE VUOI FARE? VUOI CONTINUARE?
FRUSH
ゆふ
SE VA BENE A TE, VA BENE A ME.
ABBIAMO ANCORA TEMPO.
...
DRRR
DRRR
!
SÌ, PRONTO?
EH? NO...
DICI SUL SERIO?!
INSOMMA!
EHI! STAVAMO PARLANDO!
SÌ, OKAY... VA BENE...
BIP

QUESTA È LA VERA...
CHE CAVOLO.
DA NON CREDERCI...
... CHIZURU MIZUHARA!
AAAH, ACCIDENTI. PRENDERÒ DI NUOVO UNA STELLA, NON È COSÌ?
CI SEI RIUSCITO. HAI MANDATO IN MALORA I MIEI AFFARI!
CONGRATULAZIONI!
MA GUARDALA... IL SUO VERO CARATTERE È ESTREMAMENTE ACIDO...
È COMPLETAMENTE DIVERSA DALLA RAGAZZA CARINA E SIMPATICA DI PRIMA! ERA TUTTA UNA FINTA, QUINDI?! (CIOÈ, LO SAPEVO GIÀ, MA...)
UMPF!
UMPF!
PERÒ... IN EFFETTI, POSSIAMO DIRE CHE...
... SONO IO QUELLO IN TORTO.
PERDONAMI.
È OVVIO CHE SIA ARRABBIATA.

SEI STATO TU A FARE TUTTO! HAI FATTO RICHIESTA E MI HAI PAGATO, NO?!
SÌ...
SCUSAMI...
HAI CLICCATO SULLA CASELLA "ACCETTO I TERMINI DI UTILIZZO" GIUSTO?!
E COMUNQUE, CHE DIAVOLO TI È PRESO LA SETTIMANA SCORSA?! MI HAI MESSO UNA STELLA! PERCHÉ?!
COME CAVOLO FACEVO A SAPERE IL NOME DI QUEL PESCE TRASPARENTE?!
E POI ERA UNA BUGIA! CI SONO ANDATA UN SACCO DI VOLTE ALL'ACQUARIO!
TI HO FATTO QUALCOSA DI MALE?! PER COLPA TUA, LA MIA MEDIA È CALATA DELLO 0,3!
PERCHÉ MI HAI DATO UN PUNTEGGIO COSÌ BASSO?!
PE
STAMMI BENE A SENTIRE! FINORA HO SEMPRE AVUTO IL PUNTEGGIO MASSIMO NELLE RECENSIONI, E NE ANDAVO ORGOGLIOSA
MI SONO SEMPRE IMPEGNATA, IN QUALSIASI APPUNTAMENTO!
PER QUESTA VOLTA MI SONO PERSINO COMPRATA UN LIBRO SUI PESCI DI CUI NON POTEVA FREGARMENE DI MENO, E TU MI TRATTI COSÌ?!
SE VUOI SOLO INTRALCIARE I MIEI AFFARI, POTRESTI SCEGLIERE UN'ALTRA RAGAZZA?!
ECCOLA!
È QUESTA LA SUA...
... VERA PERSONALITÀ!

SI PUÒ SAPERE CHE CAVOLO VOLEVI FARE?! SEI DEFICIENTE, PER CASO?!
TI SEI MESSO A URLARE COME UNO SCEMO IN UN POSTO DEL GENERE! CI HANNO GUARDATO TUTTI!
EH?!
E POI, CHE TI PRENDE, OGGI?! MI CHIEDI SE MI SENTO VUOTA...
MI DICI CHE SIAMO ESTRANEI... MA SEI CRETINO?!
IO SONO LA TUA STRAMALEDETTA "RAGAZZA A NOLEGGIO"!
ERA QUESTO IL NOSTRO ACCORDO, NO?!

DEVE SMETTERLA DI GIOCA-RE A FARE LA FIDAN-ZATA...
... CON DEI POVERI SCEMI CHE NEMMENO SOPPORTA!
ANF!
ANF!
...
SEN-TI UN PO', TU!

VISTO CHE TANTO CI SI LASCIA SUBITO...
... È INUTILE SBATTERSI COSÌ TANTO PER IL PROPRIO PARTNER!
BLA
ざわ
ざわ
BLA
STANNO LITIGANDO?
...
EHI!
VI... VIENI UN SECONDO!
GRAB
LE SARÒ SEMBRATO UN CRETINO, MA...
... ALMENO GLIEL'HO DETTO!

SMETTILA...
... DI FARE COSÌ.
COSA?
CHE SENSO HA, DARSI TANTO DA FARE?
BLA
BLA
MA NON HA ALCUN SENSO!
BLA
BLA
È PERCHÉ SEI UNA PROFESSIONISTA?
DOPOTUTTO, QUESTA RELAZIONE DURERÀ SOLTANTO UN GIORNO!
BLA
BLA
BLA
KAZUYA...
CI STANNO GUARDANDO TUTTI!
COSA TI SUCCEDE, ALL'IMPROVVISO?!

KAZUYA, GUARDA! I NEON TETRA!
CHE CARINI! ♥
AH... SÌ.
HO LETTO CHE LE ANGUILLE MACULATE...
... SONO COSÌ TIMIDE CHE SI NASCONDONO SEMPRE SOTTO LA SABBIA!
CERTO CHE...
... SI È INFORMATA UN SACCO...
HA STUDIATO DAVVERO, PRIMA DI VENIRE QUI...
... PER L'APPUNTAMENTO DI OGGI...

DIREI NEMMENO QUELLO, GIUSTO?
EH?
A CONTI FATTI, NOI...
... SIAMO ESTRANEI, NO?
...
AH...
EHM...
VA BE', INTANTO FACCIO DUE BUSTE SEPARATE...
TREMBLE あせ
TREMBLE あせ
...
OKAY!
DEFINIAMOCI COME VUOI TU, KAZUYA...

NO, AFFATTO! MI PIACE QUESTO LAVORO!
PERCHÉ POSSO INCONTRARE BELLE PERSONE COME TE, KAZUYA!
AH, GIUSTO! HO IMPARATO UN PO' DI NOMI DI PESCI, PRIMA DI VENIRE!
MERCATINO DELLE PULCI
VI METTO TUTTO IN UNA BUSTA? SIETE SPOSATI, GIUSTO?
EH?
AH, NO... NON SIAMO SPOSATI, NOI...
GRAB
きゅっ
SIAMO FIDANZATI!

SENTI, MA...
... NON TI FA SENTIRE VUOTA?
EH?
USCIRE CON UN VERGINELLO SFIGATO...
... CHE NEMMENO TI PIACE...
... E FARTI PAGARE.
NON TI DEPRIME?

ERO UN PO' PRE-OCCUPATA PERCHÉ NON SAPEVO SE TI SAREBBERO PIACIUTI...
CHE NE PENSI?
N... NON MALE...
DAVVERO? EVVIVA!
MISERIA LADRA!
È TROPPO CARINA! E CHE CAVOLO!
OKAY!
GRAZIE MILLE!
TTERIA
OIR

DEVO ...
... DIRGLIENE QUATTRO!
DOVRAI STARMI A SENTIRE...
... CHIZURU MIZUHARA!
AH, KAZUYA! È DA MOLTO CHE ASPETTI?
CI HO MESSO UN PO' A SISTEMARMI I CAPELLI!
...

* IL NOME DELLA BANCA SUL LIBRETTO, "SUMITOMO YOTSUI", È UN RICHIAMO ALLA VERA BANCA "SUMITOMO MITSUI", N.D.T.

36: ANONIMO
ANCHE IO ALLA FINE DELL'APPUNTAMENTO L'HO TENUTA PER MANO
101: ANONIMO
È GIÀ LA SECONDA VOLTA CHE LA NOLEGGIO, E QUINDI?
132: ANONIMO
LINK → HTTPS://DIAMOND.XX
105: ANONIMO
IO TRE VOLTE
48: ANONIMO
ALL'INIZIO HA PARLATO D'AFFARI, MA POI MI SONO DIVERTITO COME IN UN VERO APPUNTAMENTO
158: ANONIMO
NON SONO L'UNICO A ESSERE DIVENTATO UNA SUA VITTIMA
62: ANONIMO
"A PRESTO!" → SORRISO SCOMMETTO CHE FA COSÌ OGNI VOLTA!
193: ANONIMO
CHI HA MESSO QUEL LINK SI DOVREBBE VERGOGNARE!
71: ANONIMO
CHIZURU MIZUHARA DELLA DIAMOND FA QUASI PAURA
195: ANONIMO
GRRR
89: ANONIMO
AVEVA UNA VOCE BELLISSIMA
196: ANONIMO
CHE RABBIA!
TOSHIMA
EH?!
NON CI POSSO CREDERE...
ERA TUTTA UNA MESSA IN SCENA?! (CIOÈ, LO SAPEVO GIÀ, MA...)
ANCHE IL TENERSI PER MANO POCO PRIMA DI SEPARARCI FACEVA PARTE DEL SUO PIANO?!
CHE TROIA!
LE DARÒ SOLO UNA STELLA!
TAC
TAC
水原
☆★★★★
VORREI RESTARE ANONIMO
UNA CRETINA CHE NON SA NEMMENO I NOMI DEI PESCI
NON SI GIOCA COSÌ CON I SENTIMENTI DELLE PERSONE!
TAC
TAC

GRAZIE PER OGGI, SONO STATA BENISSIMO!
A PRESTO, KAZUYA!
Diamond
設定
https://matome2ch.
2017/6/12-
ARGOMENTO: LE VITTIME DI CHIZURU MIZUHARA
カチッ
CLAC

EH? TE NE INTENDI?
BE', DICIAMO CHE ANDARE ALL'ACQUARIO È UN MIO HOBBY, TUTTO QUI...
CHE BELLO!
SONO CONTENTA CHE LA MIA PRIMA VOLTA QUI SIA CON TE!
FRUSH
する…

VOGLIO ANDARE A CASA E METTERMI A DORMIRE...
sunshine aquarium
サンシャイン水族館
STIAMO SEGUENDO IL PROGRAMMA...
... CHE HO MANDATO IERI SERA PER MAIL?
E PENSARE CHE L'HO SCRITTO A CASO...
WAAH! CHE BELLO!
IN REALTÀ, È LA PRIMA VOLTA CHE VISITO UN ACQUARIO!
D... DAVVERO? È UN PO' INSOLITO...
SEI UNA DELLE POCHE CHE NON CI SONO MAI STATE!
AH, CHE CARINI, QUEI PESCIOLINI!
QUELLI? SONO GLOWLIGHT TETRA.

EHM...
TI SPIACE SE...
AH...
CERTO...
ACCIDENTI...
VOGLIO ANDARE A CASA...

OH, CAVOLO! MA QUINDI, QUESTO... È UN APPUNTAMENTO?!
SIA I VESTITI...
OPS, ERA AL CONTRARIO...
KANOIR
... SIA IL SUO STILE...
È VESTITA IN MODO NORMALE, MA È ADORABILE!
QUINDI, LE RAGAZZE A NOLEGGIO SONO TUTTE COSÌ BELLE?!
BLUSH
ーぼ
IL SUO FIDANZATO...
... DEVE DARSI UN SACCO DI ARIE...
OH, NO, MI STO AGITANDO TROPPO!
TREMBLE
TREMBLE

CHE...
MI SONO ANCHE PERSA...
CHE CARINA!
SAREBBE UN PO' STRANO RIMANERE IN PIEDI A PARLARE. TI VA SE ENTRIAMO IN QUELLA CAFFETTERIA?
AH, CERTO!
CAFFETTERIA KANOIR
MADDAI! A CHE ANNO DI UNIVERSITÀ SEI?
AL PRIMO.
ANCHE IO!
PERÒ IO HO PERSO UN ANNO...
AH, ALLORA SEI PIÙ GRANDE DI ME!

TU SEI KAZUYA...
... GIU-STO?
EHM... SÌ.
EVVIVA! TI HO TRO-VATO!
VIVI DA QUE-STE PARTI?
BE'... ECCO...
È LA PRI-MA VOL-TA CHE VENGO IN QUESTA STAZIONE, SAI?

PEE
PEE
WROOOM
UFF...
MA CHE DIAVOLO STO FACENDO?
OKAY, SONO TRISTE PERCHÉ LA MIA RAGAZZA MI HA MOLLATO, MA...
... COME MI È VENUTO IN MENTE DI RIVOLGERMI A UN SITO DEL GENERE?
HO SCELTO UNA RAGAZZA A CASO, BASANDOMI SULL'IMMAGINE DEL PROFILO, MA...
MIZUHARA, EH?
CHIZURU MIZUHAPA
UNA RAGAZZA ELEGANTE E DOLCE
... SE, INVECE, SI PRESENTASSE UNA RACCHIA CON UN SACCO DI TRUCCO IN FACCIA?
E PURE STRONZA?
TOC
PARLIAMOCI UN PO' PER VEDERE COM'È E POI ANDIAMOCENE, VA'...
MAGLIETTA ARANCIONE...
... E PANTALONI A RIGHE.

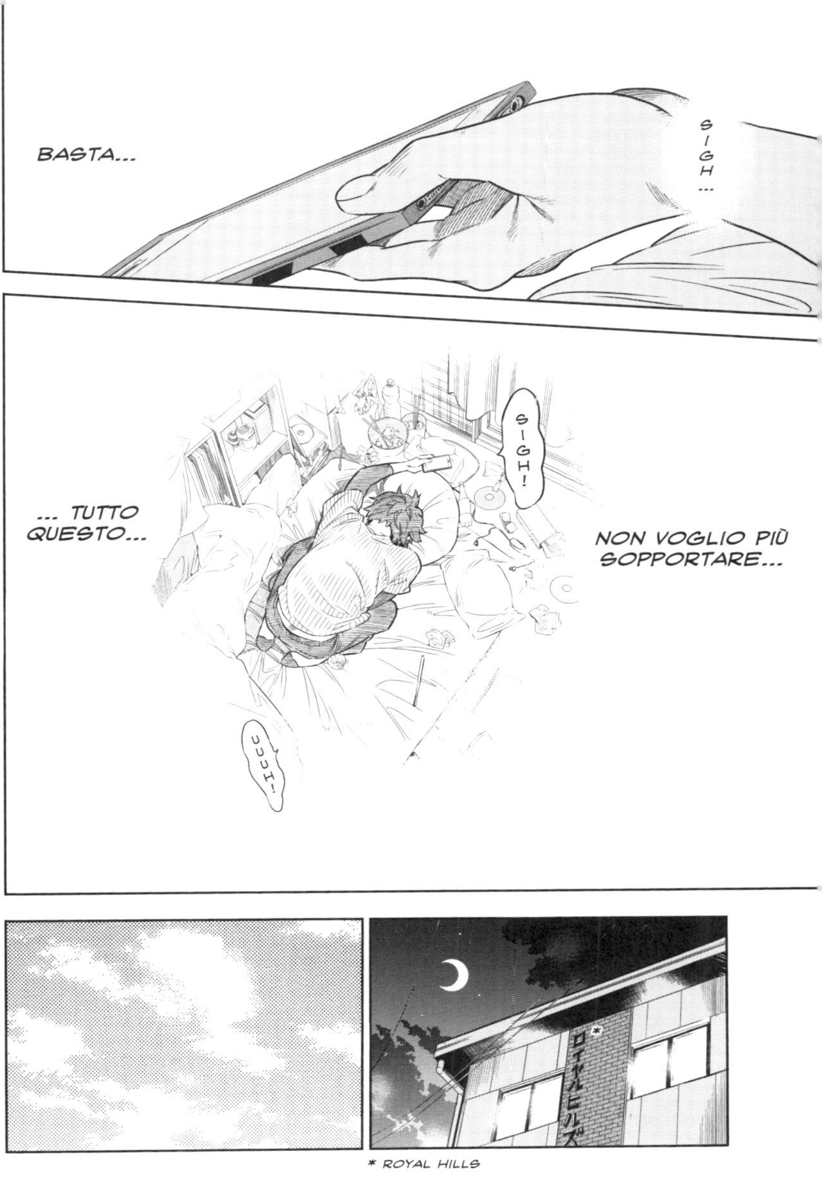
BASTA...
SIGH...
... TUTTO QUESTO...
NON VOGLIO PIÙ SOPPORTARE...
SIGH!
UUUH!
ロイヤルヒルズ*
* ROYAL HILLS

* CIRCA 40 EURO, N.D.T.

Mami
@pyon-pyon210
@PYON-PYON210 TI HA BLOCCATO, PERCIÒ NON PUOI NÉ SEGUIRE @PYON-PYON210 NÉ VISUALIZZARE I SUOI TWEET.
MI HA ANCHE BLOCCATO...
PO... POSSIBILE CHE LEI E IL SUO NUOVO RAGAZZO...
... ABBIANO GIÀ...
SOOOB
ぐすぉ～
AAAAH!
WAAAAH!
CHE STRONZO CHE SONOOO!
TORMENTO
GRAT
がさ
GRAT
がさ
GRAT
がさ
NON SO PERCHÉ, MA MI STO ECCITANDO!
A CHE DIAVOLO PENSI, UCCELLO?!
TORMENTO
TORMENTO
...
FLIP
ぱふ、
RAGAZZE A NOLEGGIO?
DIAMOND
IL MIGLIOR SITO DI "RAGAZZE A NOLEGGIO" DEL
UN GIOIELLO CHE VI TIRERÀ SU...
134 Rating
App Store
INSTALLA
CONDIVIDI
103
118
たかひろツイ禁中
ツイツイ…

SDOOON
ずどーん
MI... MI HA MOLLA-TOOOO-OO!
PER LA FRIMA VOLTA NELLA MIA VITA AVEVO UNA RAGAZZA, E ADESSO...
BORSE SOTTO GLI OCCHI. NON DORME DA DUE GIORNI.
E COME SE NON BASTASSE, È DURATA SOLO UN MESE...
SIGH
MAMI NANAMI, UNA COMPAGNA DI UNIVERSITÀ.
TENERLE LA MANO CON DISINVOLTURA.
ZASH
さっ
HO FATTO DI TUTTO PER AVVICINARMI A LEI, MA NIENTE DA FARE.
PORTARLA A BERE FINO AL MATTINO...
SCUSAMI, DEVO PRENDERE L'ULTIMO TRENO...
M... MA CERTO! BISOGNA PRENDERLO PER TORNARE A CASA! MOLTO UTILI, I TRENI, NON TROVI?!

SCUSAMI, MA...
... MI SONO INNAMORATA DI UN ALTRO!
LASCIAMOCI!

EH?!

Grado di soddisfazione 1 LA "FIDANZATA" CHIZURU MIZUHARA

RENT A
REIJI MIYAJIMA
1

* CIRCA 8.000 EURO, N.D.

* UN FRANCHISING DI CAFFETTERIE CON VARI PRODOTTI DA FORNO, N.D.T.

Rent a Girlfriend STAFF A. Irooki. Temaeno. Kusumi. Mitsuki.

EDITOR Hiraoka. Hiratsuka. Toriumi. SPECIAL THANKS Sumi. DaaMae. E grazie a voi tutti che avete comprato il volume!